JN419396

눈이 지나간 자리

눈이 지나간 자리

김한숙 소설집

이오리북스

차례

1

물거울

＊

　중도에 유령이 나타났다는 말을 들은 것은 서울에서 이사한 초봄이다. 전국이 꽁꽁 얼어붙은 쓸쓸하고도 을씨년스러운 어느 날이었다. 나는 감기 기운에 느지막이 일어나 아침을 먹고 동네 목욕탕으로 종종걸음쳤다. 황토찜질방으로 들어서자 희뿌연 뜨거운 열기가 훅 온몸을 덮쳤다. 모래시계를 뒤집어 놓으며 수다를 떠는 여자들 무리. 유령이라는 단어가 내 귀를 붙들었다.

　들었어? 중도에 유령이 나타났대.

　나는 안쪽 구석에 수건을 깔고 앉으며 무의식중에 돌아보았다.

　유령을 믿어? 헛것을 봤겠지.

　어깨에 벌건 부항 자리가 동글동글 남아 있는 여자가 시큰둥하게 말했다.

진짜라니까. 일주일 전에 옆집 언니가 중도로 라이딩 갔다가 둘레길에서 검은 외투 입은 유령을 봤대. 젖 먹던 힘을 다해 페달을 밟아 집에 왔는데 물에 빠진 듯 온몸이 다 젖었대.

요즘 유령은 소복이 아니라 외투를 입나 봐.

유령도 추웠겠지. 춘천은 삼월에도 폭설이 내리잖아. 겨울마다 안개가 나무에 엉겨 붙어 상고대가 되는데 유령도 고인돌에서 나올 만하지. 레고랜드 들어설 때 청동기 시대 고인돌 무덤들이 파헤쳐지고 중장비로 흙을 덮은 뒤로 유령 봤다는 사람들 꽤 많아. 둘레길 걷는데 뭐가 휙 지나가는 걸 봤다는 사람도 있고. 낚시 좋아하는 남편 친구도 상중도 수로에서 유령을 봤대. 붕어낚시가 잘돼 점심을 굶고 찌를 보고 있는데 누가 지나가는 것 같아 돌아봤더니 남자 유령이 나란히 앉아 있더래.

그 사람 배가 고파 정신이 허했겠지.

뚱뚱한 여자가 오른팔을 왼쪽 어깻죽지로 돌려 실리콘 부항기를 잡아당기며 웃었다. 뽀옥, 소리에 오래 잊고 있던 기억이 되살아났다.

열 살 때 나는 엄마를 따라 붉은 천이 묶인 대나무 가지가 담장 밖으로 높이 보이는 대문으로 들어섰다. 마루에는 쪽머리에 동백기름을 바른 바가지 얼굴의 무녀 어깨에 작은 아기가 올라앉아 있었다. 눈이 새까맣고, 머리칼은 반질반질하고, 입술이 앵두처럼 붉은 동녀였다. 할머니 등에 아기가 업혀 있어요, 하려다 나는 입술을 꼭 깨물었다. 동녀가 빨간 입술에 손가락을 일자로 세웠다. 쉿! 이건 우리만의 비밀이야. 동녀가 배시시 웃으며 그렇게 말하는 것 같았다. 그 뒤로 나는 사람들을 만나면 등을 살펴보는 습관이 생겼지만, 그날 이후로 유령 같은 건 다시 보지 못했다. 그러나 유령이 종종 나를 이리저리 끌고 다닌다는 촉은 늘 머릿속에 자리 잡고 있었다.

여행 작가로 활동하며 역사적 문화유산과 산속에 숨어 있는 고찰 취재에서 알 수 없는 서늘함이 엄습해 온 적이 있었다. 그래서 외딴곳에 가면 주변을 두리번거리는 습관이 몸에 배었다. 산을 오르다 너럭바위 밑에 무당들이 피운 타다만 양초가 있는지 살피기도 했다. 절에 가면 산신각에 가서 항상 삼배를 올렸다. 그건 엄마의 영향도 없지 않았다. 팔십의 엄마는 지금도 안방에 가신(家神)을 모셔 놓고 아침저녁으로 비손하고, 내가 사간 카스텔라도 접시에 담아 조상신께 먼저 올리라고 했다. 그 때문인지 고향을 다녀온 날에는 꼬였던 일이 거짓말처럼 풀렸다. 생각지도 않았던 곳에서 일이 들어오면 조상신께 절하고 와서 잘 풀리나 생각하기도 했다. 또 꿈에 나를 찾아온 할아버지께 밥상을 차려 대접했는데 원고 청탁이 들어왔다.

나를 고향 안동에서 대구로, 서울로, 춘천으로 이끌어 준 것도 조상님들인지 모른다는 생각에 최면을 걸고 살았다. 몇 해마다 다른 지역으로 이사 다녔지만 어릴 적 목격한 동녀, 얼굴도 모르는 조상신, 사춘기 때 돌아가신 할아버지, 먼저 떠난 사람들이 조용히 내 주변을 맴돌고 있는 것 같았다. 찜질방 문이 여닫힐 때마다 물 쏟아지는 소리에 목욕탕이 웅웅 울렸다. 나는 문득 유령을 확인하고 싶어졌다.

오톤 트럭에 싣고 온 장서를 정리하다가 엘보가 와서 물리치료를 받던 팔이 괜찮아진 구월. 크고 작은 구름이 소리 없이 흘러가는 걸 보자 유령이 떠올랐다. 바다처럼 푸른 하늘에 적운이 파도처럼 떠 있었다. 나는 아파트를 나와 자동차 시동을 걸었다.

장마가 물러간 도시는 투명한 햇살이 빗방울처럼 터졌다. 춘천대교 아래로 산호색 호수가 바다처럼 펼쳐졌다. 물결을 가로지른 대교가 레테의 강으로 가는 길처럼 낯설었다. 핸들을 잡은 손에 저절로 힘이 들어갔다. 춘천대교를 건너 내비게이션이 가리키는 회전교차로를 돌아서자 차는 일방통행로로 접어들었다.

초가을 햇살을 받은 수면이 사파이어처럼 반짝거렸다. 유년 시절 등굣길 신작로 양옆으로 바람에 흔들리던 미루나무 잎

같았다. 차에서 내려 도로를 따라 둘러쳐진 알루미늄 가드레일 난간에 기대섰다. 고요보다는 적막에 가까웠다. 호수 위로 왜가리가 날개를 펼치고 물 위를 비행했다. 호수 건너편은 나무 데크가 산줄기를 따라 이어졌고 산을 등진 아파트 숲이 병풍처럼 장벽을 이루었다. 검정 라이딩복에 헬멧을 장착한 남자가 물 찬 제비처럼 지나갔다. 다시 일방통행로를 따라 진입했다. 내리막 잔디밭에 흰색 SUV가 주차되어 있었다. 차량 쪽으로 비탈길을 내려갔다.

포플러나무 아래 차를 주차하고 둘레길로 들어섰다. '하중도 수변 생태공원'. 터널을 이룬 벚나무 아래 나무 표지판이 있었다. 햇살이 도깨비바늘 씨앗들처럼 달려들었다. 산책길 따라 줄지어 선 나무들 그림자가 물 위를 어룽거렸다. 쪼르릉 쫑−깍− 까아각−. 날짐승 소리가 흘러넘치는 생명의 숲. 쉼터 군데군데 의자와 탁자가 놓였다. 벚나무 사이로 보이는 물결도 수양버들과 포플러 사이 하늘도 호수처럼 맑았다. 움막처럼 둥근 새 둥지를 지나자 '뱀 출몰 지역!' 경고문이 나타났다.

숲을 빠져나와 꼬마전구 같은 은행알들이 매달린 은행나무 군락지를 지나갔다. 탁 트인 잔디밭이 펼쳐지며 짙푸른 호수가 품에 안겼다. 공원의 끝, 액자 포토존 너머 한 남자가 의자에 앉아 있었다. 삼악산으로 케이블카가 오리배처럼 공중에 매달려 지나가고 하늘에는 고래 구름이 유영하고 있었다. 섬의 대각선 선착장을 벗어난 카누가 여유롭게 다가왔지만 남자는 책에서 눈을 떼지 않았다. 하나, 둘, 셋, 넷, 다섯. 잔잔한 물결이 온갖 상념에 잠겼던 나를 무념무상에 들게 했다. 구름과 하늘을 담아낸 호수는 다리미로 다린 듯 매끈했다. 요란한 소음이 폭격기처럼 호수를 가격했다. 하얀 모터보트가 물살을 갈랐다. 모터보트 밧줄 끝에 빨간 서핑슈트를 입은 여자가 수면 위로 점프하듯 가볍게 튀어 올랐다. 멀어져가는 보트 쪽에서 고개를 돌리자 일어섰던 남자는 보이지 않았다.

어느새 등적색 호수 위로 노랑과 붉은빛이 타올랐다. 강 건너 노을에 물든 아파트 숲이 수면에 거꾸로 비쳤다. 하늘은 주황에서 점점 보랏빛으로 변하며 어스름을 몰아왔다. 나는 관리사무소로 걸었다. 문은 굳게 잠겨 있었고 잔디밭 안쪽으로 비닐하우스 네 개 동이 보였다. 매장문화재 보존 장소. 표지판에 고인돌 유물을 보관 중이라는 안내문이 붙어 있었다. 철망 펜스 너머 잡풀이 우거진 비닐하우스를 기웃거리다 일방통행로를 따라 주차장으로 걸었다. SUV도 없고 유령은 볼 수 없었지만 나만의 비밀 정원을 되찾은 듯 가슴이 설레었다.

구월의 끝. 현호색처럼 여리고 푸른 하늘에 구름이 몽글몽글 떠다녔다. 깊고도 넓은 호수와 하늘. 신비로움이 가득한 중도로 나는 차를 몰았다.

회전교차로를 돌아 작은 다리로 접어들었다. 일방통행로를 내려가자 비닐하우스가 이어졌다. 주목 군락을 지나 우람한 편백 나무숲이 다가섰다. 그 아래 집들이 낮게 엎드려 있었다. 미처 따지 못한 사과가 나무에서 말라가고, 벌이 파먹은 돌배가 썩어가고 있었다. 상중도는 버림받은 마을처럼 쓸쓸했다. 노인이 다리를 절룩거리며 물러나 경계심을 드러냈다. 천천히 상중도를 빠져나와 하중도 수변 생태공원으로 스파크를 몰았다.

의암호 전망대로 들어서다가 제풀에 걸음을 멈췄다. 환영인가? 눈을 크게 뜨고 다시 보았다. 검은 형체가 전망대 난간에 붙어 있었다. 온통 검은 옷차림의 사람. 생과 사의 경계에 선 유령 같았다. 환각인가? 마린블루의 강과 포구처럼 사면이 막힌 전망대는 냉기마저 감돌았다.

나는 심호흡을 하고 조심스레 나무 데크로 들어섰다. 데크 너머는 물결이 넘실거리고 말발굽형의 전망대 좌우 무더기로 펼쳐진 갈대들이 바스락거리며 흔들렸다.

저기, 누 누구세요?

검은 옷은 꿈쩍도 하지 않았다. 헛것을 본 게 아니야. 나는 주먹을 쥐고 두 다리를 살짝 벌리고 섰다.

저, 거기 혹시 유령인가요?

검은 옷이 내 쪽으로 휙 고개를 돌렸다. 긴 원피스에 달린 모자를 깊이 눌러 쓴 유령. 옷에 가려진 다리도 신발도 온통 블랙이다. 순간 구름 속에서 천지창조처럼 태양이 찬란하게 빠져나왔다. 움푹 들어간 눈에 해쓱한 얼굴이 무표정했다.

저는 다 단지 그런 모습으로 있는 게 궁금해서요. 이곳에 오면서 느낀 건데 참 아름답네요.

아름답다고 여기가? 대체 이 섬에 대해서 뭘 안다고 함부로 말하지.

네? 아, 그냥. 지리적으로 풍광이 너무 특별해서요. 불편하게 했다면 죄송합니다.

그런 소리는 이제 그만해 제발!

가늘게 떨리는 목소리에 분노가 담겨 있었다.

유령이 무서운 게 아니라 사람이 더 무서워. 유령은 미련이 많아 이승을 떠나지 못하지만, 이 섬을 파괴한 인간들은 오직 자신의 치적에만 급급했어. 권력자들은 제 임기에 레고랜드를 유치하려고 난리들이었어. 선사시대 유적의 가치도 환경도 주민들도 안중에 없었어. 중장비를 동원해 일사천리로 공사를 진행했어. 유물이 쏟아져 나오는데도 멈추지 않았어. 비파형 동검도 나오고 토기도 나오고 금귀고리도 나왔어. 고인

돌 무덤이 모습을 드러내자 잠깐 공사를 멈췄지만 그뿐이야.
백골 같은 돌이 쏟아져 나오자 작업자들이 어떻게 처리했는지
알아?

설마 도로 묻었나요?

검은 망토를 걸친 여인이 길게 숨을 몰아쉬며 물끄러미 나
를 쳐다보았다.

개발로 문화재가 사라지는 게 안타까워요. 영국 솔즈베리
평원의 스톤헨지는 지금도 전 세계에서 관광객들이 찾아오잖
아요.

인류 문화유산이 순식간에 없어지고 말지. 중요한 건 한번
파괴되면 다시 복원할 수 없다는 거야. 어리석은 일이야. 주민
들과 힘을 모아 중장비를 막으려고 집회에 참여한 게 어제 같
아. 집을 잃은 것도 억울했지만 명령에만 따르는 작업자들을
볼 때마다 더 천불났어. 사료 포대에 고인돌을 집어넣고 검은
비닐을 덮어씌우고 간이숙소 뜰에 그냥 쌓아두었지. 비닐에는
잡석이라고 써 붙이고 관을 흙으로 덮어버렸어. 수천 년을 잠
들어 있다가 겨우 잠에서 깨어났는데 눈비를 맞으며 유적지는
방치되었지. 숲을 잃은 고라니가 사막이 돼버린 유적지를 뛰
어다녔어. 학자들과 시민들이 뒤늦게 유적 보존에 앞장서 법
원에 가처분 신청을 내고 저항했지만 문화재청은 전문가들의

충분한 자문과 검토를 거쳤다는 말만 앵무새처럼 되풀이했어. 시장과 레고랜드 측은 건설 계획이 미뤄져 비용이 늘어났다며 책임을 주민들에게 돌렸어. 그렇게 다들 지쳐갔지. 자기네들 성과욕 때문에 천혜의 섬이 사라지는 건 안중에도 없었어. 저 호수가 거울처럼 다 지켜봤어. 우리가 살던 집과 정원이 뭉개지고 삼천 년 역사가 묻혀버린 것까지. 저 물이 다 봤지. 이건 빙산의 일각이야. 이십 년 전만 해도 이곳은 낙원이었어. 유원지였을 때는 웃새말 아랫새말 사람들이 농사를 지으며 살았어.

여기에서 농사도 지었어요?

상중도에서 수박과 참외, 옥수수와 땅콩을 심어 직장인들이 야유회 오면 팔아서 살림에 보탰지. 넓은 잔디밭을 관리하고 위락시설을 청소하고 표를 검사하던 직원들과 과자를 파는 상점까지 이 섬에 의지하고 살았어. 종일 뱃사공들이 나룻배로 사람들을 실어 나르던 걸 봤어야 해. 겨울엔 배가 접안이 안 됐지만 오월부터 가을까지 웃음소리로 넘치던 섬이었어. 회사원들이 몰려와 체육대회를 하고, 학생들이 소풍을 와서 도시락을 까먹던 곳이지. 젊은이들이 자전거를 빌려 타고 섬을 달렸어. 중도는 그야말로 활력이 넘쳤어. 봄이면 벚꽃이 흩날리고 여름이면 아름드리 플라타너스가 그늘을 만들었지. 이태리 포플러와 미루나무, 단풍나무 온갖 나무들이 군락을 이루었지. 천국이었어. 매주 우리는 일요일을 기다리며 살았어. 남편하고 딸이랑 팔을 뻗어도 나무를 안을 수가 없었으니까.

수문이 열리듯 여인이 말을 쏟아냈다.

그 정도면 수령이 백 년도 됐겠어요.

플라타너스는 속성수야. 조건에 따라 성장 속도가 달라. 여기는 섬이라 물이 많아서 속성수는 거침없이 자라서 아래위 둥치가 비슷했어. 섬은 온통 초록으로 뒤덮였지.

전에 와보지 못한 게 아쉽네요. 남이섬은 가봤지만.

남이섬?

망토의 여인이 나를 돌아보았다. 망연한 눈빛. 큰 키에 깡마르고 병색이 짙은 그녀는 육십 중반 아니 칠십 중반? 가늠이 되지 않았다. 여인이 몸을 돌려 천천히 호수를 둘러보았다.

남이섬과는 비교가 안 됐어. 중도는 텐트를 치고 야영도 할 수 있었어. 버너를 가져온 사람들은 삼겹살을 구워 먹고 반딧불이를 잡으러 다녔지. 딸이 잠자리채로 반딧불이를 잡았는데 틈새로 빠져나가니까 남편이 두 손을 오므려 잡아서 보여주고는 날려 보냈어. 돗자리에 누워 쏟아질 것 같은 별을 받아먹겠다고 모두 입을 벌리던 그때가 그리워. 새벽이면 우윳빛 물안개가 소리 없이 흩어지고 물새들이 호수 위를 가로질렀지. 지상낙원이 따로 없었어. 왜가리와 가마우지 같은 나무를 죽이는 새들만 살아남았지. 종다리와 곤줄박이, 떼로 몰려다니며 풀씨를 따먹던 뱁새는 사라져버렸어. 까치와 뻐꾸기와 소쩍새들 고향이었지. 진달래가 지면 철쭉이 피고 아카시아 향기에 취하다 보면 코스모스가 섬을 덮었어. 우리 딸이 슬로베니아 블레드 호수보다 아름답다고 했던 곳인데 개발 때문에 넌더리가 난다며 여길 떠나버렸어. 가슴이 답답해서 이렇게 돌아다니지 않으면 밤에 잠을 잘 수가 없어.

여인의 눈가에는 자잘한 잔주름이 채를 친 듯 깊었다.

저기 가서 벤치에라도 앉으세요.

대나무처럼 휘어지다가도 제자리로 돌아오는 여인의 절실한 호소가 안타까웠다.

대청마루가 있던 고향 기와집을 허물고 엄마 아버지가 슬래브집을 지으면서 사라진 나만의 정원을 말해주고 싶었다. 맑은 산물이 흘러내리던 도랑을 따라 펼쳐진 텃밭에 피고 지던 앵두와 돌배나무, 보라색 도라지꽃과 하얀 부추꽃, 꽃처럼 예쁜 나비들과 옥수수 대궁이를 타고 오르던 나팔꽃. 이제는 싹 밀어서 흔적도 없이 사라진 고향 마당이 파노라마처럼 지나갔다.

여인이 두 발을 끌듯 벤치로 걸어갔다. 등을 펴고 지친 듯 앉아 눈살을 좁혀 호수를 바라보았다.

여기도 언젠가는 사라지겠지.

생태공원이라는 표지판까지 세워놨는데 설마 여기까지 파헤치겠어요. 이미 레고랜드도 개장했는데.

상중도에 스파 단지가 들어선다는 소문이 벌써 돌고 있어. 여긴 꼬리 잘린 혹등고래처럼 꼬랑지만 달랑 남아서 외래종 생태계 교란 식물들만 판을 쳐. 가시박과 단풍잎돼지풀이 나무를 휘감아 죽이고 있어. 생태계가 완전히 무너진 거야. 섬은 이래저래 점령당한 거지.

그래도 아직까진 거미들이 집을 짓고 새들도 깃들고 있는 것 같아요. 사람들이 찾아오니까 뱀 주의 경고문도 있고 희망이 아주 사라진 건 아니죠.

뱀이 많은 건 천적이 없으니까 제 세상이 된 거야. 곤충이랑 개구리 들쥐가 많다는 거지. 이 꼴 저 꼴 안 보고 죽고 싶어서 남편한테 데려가라고 해도 답이 없어.

남편분이 돌아가셨어요?

레고랜드 들어올 때 집을 빼앗기고 온갖 괴물 같은 기계들이 들어와 숲을 헤집고 갈아엎자 안 먹던 술을 입에 대기 시작하더니…. 우리가 안았던 플라타너스를 베던 날 하얀 톱밥이 날렸는데 남편은 사방에 피가 튄다며 치를 떨었어. 그 나무를 보지 못하게 했다면 술을 먹지 않았을까. 말리지 못한 게 지금도 후회스러워. 다 지나간 일이지만. 함께 섬을 지키던 사람들도 공사가 진행되니까 뿔뿔이 흩어져 버렸어. 그렇게 섬도 이곳에서 살던 사람들도 기억에서 멀어지고 잊히는 거지. 저기, 저 호수를 봐. 저렇게 아직 푸른 눈을 뜨고 있어. 지금 우리가 하는 말도 저장할 거야. 잠잠한 것 같아도 한순간 돌변해. 예전에 여인들이 여기 심어놓은 무를 뽑고 무청을 더 가져가려다가 통통배가 뒤집혀 다 죽었어. 마지막 배를 놓쳐서 통통배를 타고 섬을 나가다가 변을 당했지.

　나는 숨이 막혔다. 십 년 전, 안산 올림픽 기념관 세월호 합동분향소에 갔을 때 화면에 떠오르던 아이들이 되살아났다. 학생증 사진들이 대형 화면 위로 떠올랐다 사라져갔다. 갓 피어난 꽃 같은 얼굴들이 고등학교 2학년생답지 않게 처연했다. 분향소는 길고 긴 줄이 끝도 없이 이어졌다. 줄을 따라 한 발짝 한 발짝 분향소가 가까워질수록 층층으로 쌓아 놓은 영정이 다가서고 국화 향기가 코를 찔렀다. 이미 영정 앞도 옆도 국화 동산이었다. 현기증이 이는 눈앞으로 물속에서 올라오듯 아이들이 검은 화면에 떠올랐다가 스러져 갔다. 초롱초롱한 눈빛을 마주 보기가 부끄러웠다. 지켜주지 못해 미안해. 이런 자책의 소리와 울음소리가 분향소를 나오는 등 뒤로 끈질기게 따라왔다. 그 뒤 잠이 들면 악몽을 꾸었다. 어둠 속에서 나타난 앳된 얼굴에 놀라 나는 밤중에 깨어났다. 시장을 보고, 책을 읽고, 산책길에도 국화 향기와 향냄새가 따라와 혼곤하게 지냈던 서울의 시간이었다. 지하철 입구, 화장실 입구, 이태원에 국화들이 자꾸 쌓여갔다. 검은 바탕에 흰 글씨. 근조=謹弔 리본은 아직도 내 책상 서랍에 들어 있었다.

왜 이런 일이 되풀이되는 걸까요?

다들 자기한테 닥칠 일이라고 생각하지 않아.

강을 바라보던 여인이 초점 잃은 눈으로 일어섰다.

나는 그녀를 돌려세울 수가 없었다. 여인의 등은 대패로 민 널빤지처럼 납작했다. 사람들의 뒷모습을 보면 대개 짐을 진 듯 무거워 보였다. 때로는 어깨가 한쪽으로 기울어졌거나 옹이가 진 듯 양쪽 어깨가 솟아 있었지만 여인의 등은 납작했다. 여인은 작은 충격에도 부서질 것 같았다. 그 무엇인가로 인하여 살아갈 기력을 잃은 여인. 온 힘을 다해 한 발 한 발 옮기는 그녀가 오래전에 죽은 사람인지 모른다는 생각이 들었다. 여인이 니은으로 꺾인 나무 데크를 나가는 걸 보고 '현 위치: 의암호 전망대' 표지판 앞으로 다가갔다.

은회색 구름이 호수에 내려와 있었다. 여러 샛강에서 흘러든 물이 호수에서 숨결을 고르는 것 같았다. 바람이 불 때마다 갈대들이 반짝반짝 흔들렸다. 저 호수가 거울처럼 여길 지켜봤지. 여인의 목소리가 환청처럼 호수 위로 미끄러졌다.

고요한 호수가 마치 세상을 비추는 거대한 거울 같았다.

난간으로 다가서자 커다란 방사형 거미줄이 눈앞을 막아섰다.

난간에 진을 치고, 정교한 줄에 거꾸로 매달린 거미가 노란 돌기를 흔들며 위협했다. 그 아래 새끼들이 줄을 잡고 바둥거리고 있었다. 이 모든 순간을 호수는 사진을 찍듯 구름과 하늘을 흡수하고 기록할 것이다. 발밑으로 소리 없이 밀려온 물결이 잘박잘박 글씨를 쓰는 것 같았다. 널 지켜볼 거야. 언제까지나….

호수 바닥에 뿌리를 내린 갈대들이 서로 몸을 비벼대며 낄낄거리는 것 같았다. 넌 한 번도 뿌리를 잡아주는 호수의 바닥을 생각해 본 적이 없지. 바닥을 들여다볼 수 없는 물속으로 깊이를 알 수 없는 물속으로 내려가 봐. 겁먹지 말고 잠수해 봐. 제대로 보란 말이야. 네가 알고 있는 건 뭐지.

표지판에서 물러서며 주위를 둘러보았다. 수양버들을 삼킨 가시박들이 코끼리 귀만 한 이파리를 늘어뜨리고 있었다. 호수에도 가시박 줄기가 전망대 울타리를 기어오르고 있었다. 솜털이 촘촘한 가시박 줄기 끝에 별꽃 같은 꽃송이가 다닥다닥 붙어 있었다. 이 꽃들이 열매를 맺으면 호수를 덮어버리는 건 시간문제였다. 데크 아래서 치밀고 올라온 극성스러운 가시박 줄기가 다리를 휘감아 나를 물속으로 끌어들일 것만 같았다. 한발 물러나 의암호 전망대를 따라 걸었다. 뒤늦게 여인을 찾아 계단을 성큼성큼 뛰어올랐다.

저만치에서 노부부가 다정하게 얘기를 나누며 다가왔다. 바람막이 점퍼 차림으로 지나가는 그들이 여인을 봤을지도 모른다는 생각이 들었다.

혹시 검은 옷 입은 아주머니 보셨어요?

못 봤는데. 우린.

분홍색 점퍼를 입은 여자가 말했다. 호리호리한 체구에 네이비 경량 재킷을 걸친 남자가 걸음을 멈추며 받아쳤다.

다른 길로 갔을 수도 있지.

다른 길요?

사람들이 어디 한 길로만 다니나. 저 숲을 봐요. 사방으로 길이 나 있지. 요즘 사람들 안 가는 데가 없어요.

남자가 나무 벤치 뒤로 난 샛길을 눈짓으로 가리키며 돌아섰다. 부부가 멀어져가자 두 대의 자전거가 빠르게 다가왔다. 나는 옆으로 비켜섰다.

몸에 착 달라붙은 칠부 저지 팬츠에 민트와 주황색 긴팔 셔츠를 입은 중년 여자들이었다. 상체를 구부린 여자들이 포토

존으로 사라졌다. 은빛 체인에 햇살과 그늘이 감겨 돌아가고 이른 낙엽이 바닥을 긁으며 지나갔다.

나는 양쪽으로 우거진 벚나무를 따라 환한 출구를 향해 걸었다. 승용차에 시동을 걸고 2차선 도로로 액셀을 밟았다.

호수를 벗어나자 빨강, 파랑, 노랑, 하양, 초록색으로 알록달록한 레고랜드 전망대가 나타났다. 다섯 가지 색으로 화려한 레고랜드 전망대 꼭대기에 LEGO 깃발이 펄럭거렸다. LEGO-LE-GO-LEG-O- 바람에 나부끼는 깃발이 경쾌한 음악 소리에 맞춰 춤을 추는 것 같았다. 형형색색의 건물이 입체 동화책처럼 화려했다. 온통 초록과 물빛 섬이 컬러로 들어찼다. 누가 저 섬에 컬러를 입혔을까, 라는 질문과 정착민들이 유령처럼 떠돌던 말이 떠올랐다. 나는 철망 펜스가 높다랗게 처진 울타리를 따라 차를 몰았다.

차창을 내리자 시끌벅적한 음악 소리가 사이렌의 노래처럼 나를 유혹했다.

원 투 포, 우리 함께 꿈을 펼쳐 봐요. 여긴 레고 레고랜드. 뛰어봐. 느껴 봐요. 우리만의 세상… 즐거운 레고. 레고랜드. 너만의 꿈을 펼쳐 봐요. 너의 세상 만들어 봐요. 함께 춤을 춰봐요. 주인공은 바로 너야. 오, 렛츠 고우─

초록색 펜스 너머에서 반복되는 리듬이 흘러나왔다. 잔디밭과 건물 사이로 브릭을 쌓아 올려 만든 레고 작품이 이어졌다. 발을 들고 선 곰. 비상을 앞둔 검은 독수리. 드래곤과 해적. 웃고 있는 주황색 호박 레고가 핼러윈 축제를 연상시켰다. 울타리를 돌아서자 호텔과 레고처럼 알록달록한 리조트 성들이 펼쳐졌다. 파랗고 하얀 삼각형 건물 너머 빨간 삼각 지붕 위에도 깃발들이 펄럭펄럭 나부꼈다.

콘크리트 건물 앞 주차장으로 들어가 차를 세웠다. 흰 티셔츠를 입은 청년이 콘크리트 건물에서 핸드폰을 보며 걸어 나왔다. 나는 서둘러 운전석을 나와 여기가 입구냐고 물었다.

이곳은 직원들 사무실입니다. 출입구는 저 안쪽입니다.

고개를 든 청년이 도로 쪽을 가리키며 돌아가라는 사인을 보냈다. 나는 브릭으로 쌓아 올린 블록 조형물 같은 빨간 단풍나무 쪽으로 다가갔다. 그곳은 그늘이 드리워졌고 벤치가 놓여 있었다.

레고랜드 직원인가요?

청년이 우산처럼 드리워진 맞은편 단풍나무 밑으로 들어서며 고개를 끄덕였다. 전자담배를 입에 물고 벤치에 앉아 다시 핸드폰을 들여다보았다.

저기, 레고랜드 깃발이 펄럭거리는 곳은 어디죠?

청년이 내가 가리키는 전망대를 바라보았다.

학부모들이 가장 많이 찾는 브릭 토피아입니다. 레고랜드 정체성이 가장 잘 드러나는 구역이자 아이들에게 창의력을 키워주는 곳이죠.

레고가 창의력을 키워준다고요?

그럼요. 전 유치원 때부터 듀플로 같은 기본적인 레고 세트로 자동차와 비행기를 만들고 부수고 재창조했어요. 레고를 조립하고 해체하며 재구성하는 과정에서 구조적 사고를 배우고 창의력과 상상력을 길렀어요. 레고랜드 깃발을 보면 알다시피 덴마크어로 Leg Godt 재미있게 놀자는 게 이곳의 목푭니다. 찾아오는 사람들도 마찬가지고. 비정규직이라 월급은 적지만 재미있습니다.

무표정한 여인과 달리 청년은 자부심이 넘쳤다. 전자담배를 빨아들였다 내뱉는 공기 중에 섬유 유연제 같은 특유의 액상 냄새가 신경을 자극했다.

이 나이에도 레고랜드가 재미있겠어요?

우리 엄마는 손님 또랜데 지금도 중고 레고를 찾아다녀요.

엄마가 레고를 하세요?

레고 마니아죠. 어릴 때 학습지 할부 판매원이 맑은 플라스틱 통에 든 레고를 가져와 끼워 팔아서 그걸로 놀았대요. 저는 어릴 때부터 엄마 레고를 물려받아 설명서 보면서 함께 조립했어요. 지금도 엄마는 꽃이나 선인장, 나무 레고 같은 창작품을 만들 정도로 열정적이죠.

디지털 기기보다 레고가 흥미롭다는 말처럼 들리네요.

레고는 디지털 영역에서는 느낄 수 없는 물성을 갖고 있어요. 손으로 벽돌을 하나씩 쌓아 올리다 보면 몰입도도 높아지죠.

한 조각만 건드리면 모든 조각들이 연달아 무너지는 도미노 현상 같은데요.

요즘은 무한 루프 도미노처럼 자석이 붙어 있어 쓰러져도 금방 일어서는 레고 머신을 판매해서 무너질 일은 없어요. 한번 체험해보세요. 오늘은 늦었지만 어플 다운받고 오후 다섯 시 넘어 온라인으로 야간 개장권 구매하면 입장은 물론이고 호텔 이용도 가능하고 강원도민이면 삼십 프로 할인도 적용받을 수 있어요.

엄청 넓은데 하루에 둘러볼 수 있을까요?

넓긴 하죠. 전 세계에서 두 번째고 아시아에서 제일 크고 세계 최초로 섬에 지어진 테마파크니까. 주말엔 대기 시간이 길어 어플이 도움이 되지만 오늘 같은 평일엔 가이드 맵을 보면서 다양한 레고랜드 구역을 구경할 수 있습니다.

여기도 차별화된 구역이 존재하는군요.

그런 구역은 없습니다. 말 그대로 놀이공원 개념이지. 레고 시티와 해적의 바다 닌자 고 월드. 레고 캐슬. 미니 랜드 등 레고로 이뤄진 테마파크를 돌며 즐기면 됩니다.

글쎄, 즐길 수 있을지는 모르겠지만 레고랜드 스토리가 궁금하긴 하네요.

덴마크에서 3대에 걸친 가족의 서사를 플러스해 놀이의 본질과 기본에 집중해서 레고는 계속 살아남을 겁니다. 1932년 설립 때는 나무로 만들었지만 플라스틱 장난감의 대명사가 되었는데 당시엔 네 가지 색이었어요. 빨강. 노랑. 파랑. 흰색으로 건물과 사람, 주변 환경을 표현하다가 식물을 표현할 초록색을 출시하면서 다섯 가지 색으로 새로운 테마를 선보였죠. 그 뒤에 영화와 책, 다양한 굿즈 상품으로 제품을 늘이고 확장하면서 전 세계로 퍼져나갔어요. 하지만 무리한 사업 확장과 새로운 장난감, 비디오 등장으로 파산 위기를 겪었지만 살아남았어요. 디지털 시대에도 손으로 만지면서 무언가를 조립하는 아날로그 장난감으로 재미있게 논다는 레고의 본질로 돌아간 거죠. 어린이에서 성인층을 타킷으로 삼고 영화 스타워즈와 협업하면서 팬들에게 블록을 다시 갖고 싶게 만든 거죠. 앉고 서는 피규어를 만들어 역할극의 가능성을 열면서 대박이

났어요. 코로나 당시에는 인테리어 소품과 명화, 식물까지 넓혀 성인층 마니아까지 생겨났죠. 다른 장난감하고는 다릅니다. 뭐냐면, 레고는 갖고 싶은 걸 언제든 뭐든 만들 수 있다는 꿈을 갖게 해주거든요. 자동차도 만들고 집을 지을 수도 있고. 요즘은 브릭으로 햄버거를 만들기도 하잖아요.

레고가 유령처럼 사람을 홀린다는 말이군요.

레고 캐슬 존으로 가시면 유령도 보실 수 있습니다. 날아다니는 피규어들이 머리 위 전선줄에 올라앉아 있거든요.

청년이 들뜬 목소리로 말했다. 어려서부터 블록을 쌓으며 살아온 청년과 아름다운 자연 속에서 살아온 여인 사이에 깊은 호수가 가로놓인 것만 같았다.

왜, 여기 섬에다 레고랜드를 지었지요? 천혜의 자연섬에.

나도 모르게 한숨이 나왔다.

춘천은 인형극과 마임 축제를 하는 유일한 도시잖아요. 서울과 지리적으로도 가깝고 애니메이션 박물관도 있어 레고랜드와 연계한 관광도시로 딱이죠.

마치 그는 레고랜드를 위해 존재하는 충실한 집사 같았다.

저기 동화 같은 건물은 어디예요?

나는 청년 등 뒤로 보이는 세모꼴 지붕을 가리켰다.

거기가 레고랜드 호텔입니다. 요일과 시간에 따라 가격이

다르니까 미리 전화로 예약하시면 됩니다. 조식뿐 아니라 다양한 음식을 즐길 수 있습니다.

마지막으로 물어볼게요. 혹시 이곳에서 유령 본 적 있어요? 캐슬 존 유령이 아니라 퇴근하거나 비 오는 날 만난 진짜 유령.

저는 직접 못 봤지만 팀장님한테 들었습니다. 야간 개장을 마치고 주차장으로 걸어가는데 도포에 하얀 두루마기를 입은 유령이 따라오다가 자동차 시동을 켜니까 사라졌는데 캐슬 존으로 갔을지도 모르겠다고 하더군요.

청년이 매뉴얼을 따르듯이 반복했다.

이곳이 원래 한반도 최대 규모의 선사시대 유적지인 건 알죠? 청동기, 철기, 삼국시대를 거쳐 무려 8천 년간 누적된 유물이 9천 종류가 넘게 쏟아졌대요. 고인돌 지석묘가 나왔는데 포크레인이 무덤을 파헤치고 덮어버리는 바람에 유령이 돌아다닌다는 소문이 도는데 빈말이 아니었네요.

다들 즐거우면 됐지. 이미 끝난 일 아닌가요.

청년이 벤치에서 일어서며 태연하게 말했다.

끝났다고요? 레고랜드 때문에 집을 잃은 사람들이 얼마나 많은지 알고 있어요?

물론입니다. 하지만 어쩌겠어요. 춘천은 서울에서 한 시간밖에 걸리지 않는데 경기도보다 교통이 불편하고 발전이 없어

정체된 도시죠. 레고랜드 수익금으로 지역 발전을 살린다잖아요. 전 들어가 봐야 해서 이만.

청년이 전자담배를 주머니에 넣고 돌아섰다. 구름이 오팔빛으로 물들며 하늘이 장엄한 분위기를 연출했다.

흰 티셔츠 유니폼을 입은 청년이 유령처럼 콘크리트 건물로 사라졌다. 나는 이쪽의 컬러 랜드와 저쪽의 물빛 섬 사이 혼돈 속에서 승용차로 다가갔다.

운전석에 앉아 룸미러를 바로 잡았다.

어둠을 헤치며 천천히 차를 몰았다. 전조등 불빛 속에 적석총 팻말이 나타났다. 그 뒤로 휑한 적석총 공원의 플라타너스 잎이 일제히 흔들리고 있었다. 스산하고도 불편한 마음이 엄습했다.

한순간 머리끝이 쭈뼛해져 백미러를 보았다. 백미러에 레고랜드의 화려한 불빛이 도깨비불처럼 따라왔다.

2

눈이 지나간 자리

*

밤을 지웠네. 아니 지새운 거지.

당신은 동사를 바로 잡으며 티브이 앞에 놓인 인공지능 탁상용 시계를 본다. 07:33. 전등을 켜지 않았지만 밤새 내린 눈으로 거실은 화선지를 펼쳐놓은 듯 환하고 창밖의 나무들은 흑요석처럼 검다.

저래도 속살은 다르지. 겉만 봐서는 몰라.

당신은 중얼거린다.

실리콘 같은 인간의 피부와 달리 나무들은 단단한 수십 겹의 수피로 자신을 보호했다. 산책길에 당신은 자주 지팡이나무를 지나쳤다. 아파트를 따라 이어진 산길에서 만난 대통 굵기의 부러진 나무는 나무벤치 앞에 신비한 능력을 지닌 지팡이처럼 서 있었다. 찢어놓은 진미채 같은 속살을 드러내고 꼿꼿하게. 산길을 오가던 사람들이 걸음을 멈추고 저마다 한마

디씩 했다. 쯧쯧 벌거숭이네. 그래도 속이 꽉 찼어. 부러진 나무는 물기라곤 없이 날카롭고 단단했지만 아름다웠다. 언젠가 당신은 아름다움이 세상을 살아내게 하는 힘이라고 쓴 적이 있다.

〈크리스마스 이야기〉에서 발저도 말했어. '눈에 파묻혀 평화롭게 죽음을 맞이하는 자여. 비록 전망은 없어도 생은 아름답지 않았는가.'라고.

로베르트 발저를 읽으면서 당신의 혼잣말은 빈번해졌다. 자유를 위해서라면 구름과 하늘을 동무 삼아 밤낮으로 걸었던 예술가. 발저처럼 아이의 미소에 기뻐하고, 나무 사이로 비치는 햇살 한 점에 아름다움을 느끼면서 당신도 언제까지나 걸을 수 있을 것 같았다. 그는 왜 눈 속으로 걸어 들어갔을까. 당신은 그를 알고 싶어 도서관에서 발저의 작품을 빌리기 시작했다.

제본소를 운영하던 아버지가 사업에 실패하자 발저는 열네 살에 학교를 중퇴했다. 그러나 아버지를 품위 있게 그려냈다. 같은 나이에 집을 떠나야 했던 당신은 아버지를 머리에서 지우려고만 했다. 아버지에게 고통을 주려고 전화를 거부했던 날들이 떠올랐다. 재희와 용서란 무엇인가로 얘기를 나눴지만 과거가 쉽게 용서되지 않았다. 용서라는 폭넓은 미사여구를 찾으려고 일기장을 펼쳤지만, 곧 덮고 말았다.

그림일기를 한 줄도 쓸 수가 없어요.

신경정신과를 찾아간 당신의 말에, 의사는 설문지 테스트를 끝내고 눈을 맞추며 면담을 이어갔다.

그림일기라고요?

그건 저학년들이 쓰는 거 아닌가요? 하듯 미심쩍은 눈길로 쳐다보는 의사의 눈을 피하며 당신은 정정했다.

아니 일기요. 기억이 자꾸만 사라지는 것 같아서.

하다 말고 자신의 고백이 무의미하게 느껴져 입을 다물었다.

무슨 일을 하세요?

당신은 재희의 소개로 출판 디자인 빌딩 로비에 드로잉을 전시하고, 그림책을 출간했다는 어떤 정보도 밝히고 싶지 않았다.

그냥, 쉬고 있어요.

최근에 스트레스를 받은 적이 있습니까?

책을 읽을 때 집중력이 떨어졌지만, 스트레스 정도는 아니었어요.

그렇죠. 스트레스를 받으면서까지 독서를 하지는 마세요. 학부모들이 자녀가 핸드폰만 한다고 함께 오는 경우도 있거든요.

의사는 살짝 미소를 지었다. 그리고 수면 장애가 있는지, 무기력한지, 소화는 잘되는지, 두통이나 근육통이 있는지, 가슴이 답답한 적이 있었는지 물었다.

흉통으로 종합병원에서 일 년 동안 검사비만 수십만 원을 썼지만, 이상 없음이라는 진단을 받았다고 당신은 덧붙였다.

의사는 셜록 홈즈처럼 추리하듯 물었다. 흉통이 일어날 때 반응이 어땠는지, 시간대별로 물으며 차트에 꼼꼼하게 기록했다.

서미수 씨, 우울증 초기로 보이는 데 우선 약 먹으면서 증상을 지켜보도록 합시다. 우선 약 일주일치 나갑니다. 다음 주에 상담받으러 오세요.

이런 상태에서 독서가 치료법이 될까요?

독서가 삶을 다른 방향으로 제시할 수는 없지만 미약해진 정신에 자극을 줄 수는 있겠지요. 아주 큰 효과는 아니지만 미세한 변화에는 분명히 마이너스보다는 플러스가 될 겁니다.

당신의 질문에 의사가 또박또박 부연 설명했다. 기대를 하라는 것인지 하지 말라는 것인지 분간이 안 갔지만 그래도 짚고 넘어가길 잘했다고 당신은 생각했다. 그러나 의사가 지어준 항우울제는 먹지 않았고 병원도 가지 않고 대신 햇볕 속으로 나가서 걸었다. 당신은 누구보다 강인하게 살아온 만큼 우울증을 인정하고 싶지 않았다.

사춘기에 엄마의 잔소리를 들어도 곧 다른데 정신이 팔려 잊어버리는 성격이었다. 밥 먹고 학교 가야지. 엄마가 채근했지만 당신은 텃밭에서 금방 뜯어 온 상추를 보고 춤추는 느낌을 받았다. 싱그러운 줄기를 따라 연초록과 녹색, 적색의 구불거림을 스프링 노트에 그렸다. 꿈결처럼 오가는 나비와 잠자리는 산신령이 보낸 전령이라고 썼다. 앵두는 너무나 예뻐 하얀 접시에 놓고 손가락으로 굴리거나 햇살에 비춰보았다. 농익은 과육들이 햇살 아래 노르스름한 씨앗을 드러냈다. 그때 당신은 내 안에도 영혼의 씨앗이 들어 있을까, 라고 일기장에 썼다. 삼십 년이 지나서야 인도 타지마할에서 대리석을 통과하던 빛을 만난 것처럼, 앵두 속에는 햇빛이 들어있다고 기록했다. 싱싱한 녹색 잎이 달린 하얀 무는 아삭거리는 식감이 특별해서 먹기가 아까울 정도였다. 이른 봄, 부엉이가 삿갓 같은 날개를 펄럭이며 소리도 없이 날아가는 걸 보고 입을 다물지 못했다. 그 숨 막히는 아름다움을 당신은 어디에나 그렸다. 마당. 운동장. 모래밭. 납작한 돌멩이. 소복이 쌓인 눈. 달력 뒷면에…. 공책은 자주 스케치북으로 바뀌었다. 미술 시간에 낙하산만한 부엉이가 지붕 위로 날아갔다고 했다가 거짓말을 한다고 선생님이 꿀밤을 먹였다. 집에서는 좁쌀을 병아리밥이라고 했다가 밥투정한다고 밥그릇을 빼앗겼다. 국수를 먹다가 안 끊어져 죽으면 어쩌지, 걱정을 그림일기장에 적기도 했다. 어릴 적부터 써온 당신의 일기장에는 '캉캉 춤을 추는 상추' '고무줄 국수' '유령 구름'이란 제목이 붙었다.

이슬과 서리가 미세하게 다르듯이 바람도 구름도 색깔이 있었다. 폭풍우가 칠 때는 낙엽색이었지만 꽃을 피울 때는 복숭아 핑크빛. 유월의 바람은 상추 그린이었다가 한여름이면 잘 익은 붉은색이었다. 그림일기장은 당신의 관찰일지로 채워졌다. 어릴 적부터 당신은 미모사처럼 예민했고 질문이 많았다. 엄마 우리 동네는 무슨 색이야? 봄여름가을겨울 색깔이 자주 바뀌니까 모르겠어. 엄마 바쁘니까 아버지한테 물어봐! 아버지는 숫돌에 낫을 갈며 팔꿈치로 당신을 밀어냈다. 엄마도, 첫째도, 둘째도, 셋째도, 넷째 언니도 당신을 팔꿈치로 밀어냈다.

당신은 점점 그림일기에 빠져들었고, 더 잘 그려 보려고 도서관과 서점을 찾아다녔다. 거리를 걷다가 그림 액자를 보면 걸음을 멈추고 뚫어지게 바라보았다. 당신의 궁금증은 한 권의 책과 경험으로 갑자기 풀렸다. 나무들의 색깔이 각각 다른 것은 엽록소와 화학반응 때문이었다. 구름의 색깔이 다른 건 햇빛의 산란과 구름의 두께 때문에 희고, 검고, 그 중간이 회색이라는 것을 알았다. 이슬은 봄과 가을에 주로 발생하며 특히 밤낮온도차가 클 때 자주 나타난다는 것을 알아갔다.

당신이 태어나고 자란 산골은 재희의 고향과 달리 바다라곤 볼 수 없는 묘지가 많은 산촌이었다. 사람들은 읍내에서 삼십 리나 들어간 마을을 북녘골이라 불렀다. 이른 봄 개울물 소리가 마당에 퐁퐁 구멍을 내는 낙숫물처럼 청각을 두드리다 시각을 두드렸다. 봄이 오는 소리는 지진이 일어난 것처럼 분주했다. 겨우내 얼어붙었던 저수지가 쩌엉 쩡, 갈라지고 냇물들이 소란스럽게 얼음을 깨며 흘러 내려갔다. 아침이면 이슬이 풀잎에 목걸이를 매달았다. 식물이 그 이슬을 먹고 자란다는 사실을 초등학교 3학년 때 알았다. 두메산골에서 선생님의 말씀은 그냥 법이고 하나님의 말씀이었다.

서리는 이슬처럼 생성 원인이 같지만, 그 과정이 달랐다. 이슬이 수증기의 응결로 생긴 물방울이라면 서리는 땅이나 공기 중의 수증기가 나뭇잎에 살얼음처럼 끼었다. 바람이 없고 온도가 많이 내려갔을 때 발생한다. 그러니까 볼에 닿는 공기가 싸늘할 때 생긴다는 걸 과학 선생님께 질문하고 나서야 알게 되었다.

동화책보다 과학의 세계에 빠져든 당신은 중학생이 되자 자연 현상과 기술 발전을 설명하는 과학 선생님을 남몰래 짝사랑했다. 구름이 왜 자꾸 움직여요? 당신의 첫 질문을 받아준 선생님. 첫사랑. 이영이 선생님은 배가 불러오면서 육아 휴직계를 냈다. 당신의 첫사랑은 한 학기만에 끝나버렸다.

당신은 사람보다 자연의 변화에 먼저 눈떴다. 이른 봄부터 비닐하우스를 드나들며 육묘를 하던 엄마의 영향이 없지 않았다. 벌집 같은 포트에 먼지 같은 상추씨. 지문에 묻어나는 고추씨를 서너 알씩 포트에 넣고 도톰하게 흙을 덮던 엄마의 씨앗들. 아궁이에 재를 모아 밭에 뿌리던 엄마. 재를 먹고 힘차게 땅을 뚫고 올라오던 떡잎. 종일 밭에 허리를 구부리고 앉은 엄마보다 산비탈 밭고랑 흙 속에서 올라오는 농작물에 감탄이 저절로 나왔다. 아이구, 허리야를 입에 달고 다니던 엄마 걱정은 잠깐이었다. 초여름은 새벽에 아버지가 먼 산에서 해온 산더미 같은 풀짐이 마당에 넘쳤다. 작두에 썰린 풀더미에서 망초를 구하는 게 일과가 되었던 여름날. 어디에서나 강인하게 자라던 노랑을 감싼 흰 꽃잎은 계란프라이 같았다. 아버지는 풀을 손아귀에 감아 잡고 작두날에 집어넣었다. 엄마가 작두에 매단 줄을 조정하면서 발을 올렸다 내리면 풀 무더기는 썩둑썩둑 순식간에 잘려 나갔다. 모가지만 통째 떨어지던 동백꽃처럼. 새벽마다 온 마당을 휘감기던 여름 풀냄새는 태초의 DNA처럼 특별했다. 당신은 사계절 순환되는 모든 자연 현상과 자연농법으로 농사짓던 농부들의 일상을 일기장에 적었다.

손가락마다 관절이 휘어질 정도로 엄마는 밭고랑에 앉아 살았다. 바랭이는 뿌리 밑 흙 속에 솜털 같은 잔털을 거느리고 줄기마다 땅에 뿌리를 뻗으며 일 미터 넘게 번져갔다. 비 온 뒤에는 바랭이가 깨밭을 점령했다. 풀이 원수 같다고 말하며 엄마는 호미질을 멈추지 않았다. 대지를 뚫고 맹렬하게 자라는 식물들은 동물의 세계와는 또 다른 경이로움이었다. 연초록에서 청록으로, 진초록에서 점점 색을 바꾸다 떨어져 내리는 단풍은 놀라움의 연속이었다. 여름이면 밭둑에 세워 놓은 지주대를 따라 번지던 울타리콩은 상상력을 불러일으켰다. 밤에도 머릿속에는 뭉게구름이 피어올랐다. 요의를 느끼고 깨어난 자정 무렵. 마루로 나가 내려다본 밤 풍경은 굽이치는 파도 같았다. 암적색 하늘 아래 구부러진 선들이 밤을 수놓았다. 자연은 곡선이거나 타원이었다. 때때로 무성한 나무들이 열기구처럼 뿌리를 달고 하늘로 떠올랐다. 당신은 몽상의 세계를 크레파스로 그리며 화가를 꿈꾸었다. 그러나 중학교를 졸업하자 아버지가 학교를 보낼 수 없다고 말했다. 당신은 동네 언니가 줄을 댄 미싱공장으로 들어갔다. 로베르트 발저가 학교를 중퇴한 나이였다.

세상 밖으로 내몰린 열네 살의 발저는 은행 사무보조원, 보험회사 경리사원, 하인, 필경사 일을 했다. 발저의 일생을 읽는 동안 당신은 옷감을 자르고, 나사를 뽑고, 베를 짜고, 커피 심부름을 하며 직장을 옮겨 다닌, 그토록 숨기고 싶었던 일들이 하나둘 떠오르는 걸 느꼈다. 항아리처럼 웅크리고 지냈던 시기. 미싱공장 쪽방 손수건만 한 창문으로 보이던 초승달에 눈시울이 뜨거웠던 가을밤. 쌉쌀한 도라지 차처럼 목이 아리던 시간이 되살아났다. 그리고 발저의 『산책자』가 손에 들어온 게 기적처럼 여겨졌다. 어느 날 갑자기 재희가 당신 앞에 나타났을 때처럼.

당신은 2호선을 타고 예술의 전당으로 샤갈 전시회를 보러 가던 길이었다. 지하철 역사에서 닫히는 문을 향해 황급히 돌진하던 당신은 계단 끝에서 쭉 미끄러지며 엉덩방아를 찧었다. 얼결에 바닥을 짚은 오른손이 저릿해서 다리에 경련이 일어난 걸 알지 못했다. 손을 짚지 않았다면 뇌진탕으로 죽었을 거야 혼잣말을 할 때, 한 여자가 화들짝 놀란 표정으로 다가섰다. 청바지에 흰 남방을 입은 그녀는 바닥에 에코백을 내려놓고 당신의 다리를 주물렀다. 경련이 일던 다리가 진정될 무렵 당신은 에코백에 담긴 묵직한 두루마리 종이를 보았다. 나중에야 당신은 재희가 레이아웃 교정지를 들고 인쇄소로 가던 길임을 알았다.

병원 안 가도 괜찮겠어요? 걱정스러운 물음에, 그제야 당신은 좀 일으켜 달라고 왼팔을 내밀었다. 동생이 어디 아파요? 다가선 아주머니가 물었다. 그녀가 웃으며 당신의 손을 잡아 일으키며 괜찮다고 말했다. 아버지처럼 큰 그녀의 손에 당신은 기분이 이상해 서둘러 손을 빼며 고개를 숙였다. 굽이 없는 재희의 단화는 조각배를 연상케 했다. 발이 엄청 건강하다고 생각할 때 그녀가 말했다.

나도 빈혈이 있어서 퇴근길에 간혹 주저앉아요. 근데 우리가 닮았나 봐요. 괜찮은지 전화해줄 거죠?

그녀가 버건디색 명함 지갑을 꺼내 명함을 건넸다.

〈그린어스〉 편집국장. 한재희. 사무실 번호와 이메일, 팩스 번호가 적혀 있었다. 당신은 일주일 동안 곰곰이 생각하다가 밥을 사고 싶다고 재희에게 전화를 걸었다. 그렇게 길을 트면서 서로의 방을 오갔다.

관악산 자락 작은 암자 인근 재희의 방은 당신의 지하 셋방보다 컸다. 냉장고와 세탁기와 침대와 원목 옷장이 있었다. 그런 살림 집기보다 재희 집이 당신의 집과 버스 세 코스 거리라는데 당신은 놀랐다. 어쩌면 화양연화처럼 서로 지나쳐 갔는지도 모른다. 서로 집을 오가기 시작하자 재희가 운명론을 들먹이며 살갑게 대했다. 당신은 세 살 많은 재희가 친언니처럼 자매 느낌으로 다가왔다. 석 달 뒤, 도서관에서 돌아오던 당신은 일톤 트럭이 골목을 막아선 걸 보았다. 트럭에 이케아 6단 이동식 서랍장과 식탁 겸 책상으로 쓰는 초록색 탁자와 선인장 행거가 실려 있었다. 당신은 저도 모르게, 내 짐이라고 이삿짐 직원들에게 소리쳤다. 그때 재희가 왔고, 당신의 손을 골목 안으로 당기며 말했다.

세탁기도 없고 냉장고도 없잖아. 환경을 위해 그런 건 없어도 되지만 이렇게 곰팡이 피는 지하방보다는 산동네가 건강에도 이롭지 않겠어.

재희는 결정 장애에 가까운 당신을 리드했다. 당신은 십 년을 함께 산 재희를 은인이라 여겼다. 팔꿈치로 밀어내지 않는 세상에 단 하나뿐인 조력자.

발저에게도 카를 젤리히란 조력자가 있었다. 지금의 당신 나이에 정신분열증 진단을 받자 스스로 요양병원에 유폐시킨 발저를 찾아온 유일한 사람. 그곳에서 발저는 환자들과 청소하고, 채소를 다듬고, 봉투를 접었다. 시간이 남으면 책을 읽고 산책을 했다. 발저에게 걷기는 쓰기만큼이나 중요했다. 그는 수백 킬로미터를 혼자 걷기도 했다. 시간이 바뀌는 자정 무렵 베른을 출발해 25킬로미터를 걸어 아침에 다른 도시에 당도하기도 했다. 캄캄한 밤길을 걸으며 발저는 무슨 생각을 했을까. 중얼거리던 당신은 바퀴가 펑크 난 자전거를 끌고 삼십 리 해 저문 길을 터벅터벅 걸어 집으로 온 날을 기억해냈다. 산과 호수의 나라에서 태어나고 자란 발저의 글은 사계절 변화하는 자연 속에서 자란 당신의 구부러진 인생과 놀라울 정도로 겹쳤다.

발저는 요양병원에서도 틈만 나면 걸었다. 한겨울, 눈이 올 때도 걸었다. 외투는 입지 않아도 낡은 모자와 지팡이를 챙겼다. 진눈깨비 함박눈 눈보라도 가리지 않고 걸었다. 결벽증에 가까울 정도로 자기 노출을 꺼리며 눈송이가 사라지듯 자신을 지워갔다. 그는 왜 그토록 사람들로부터 잊혀지고 지워지려고 했을까. 스스로를 요양병원에 유폐시키고 고립무원의 생활로 자신을 몰아붙여 외톨이로 만들었던 걸까. 당신은 상처를 덧나게 하는 발저의 작품을 읽는 게 힘겨웠지만 멈출 수가 없었다. 카를 젤리히가 등장해 고립무원의 발저를 세상 밖으로 끌어냈을 때는 재희가 아주 가깝게 느껴졌다. 재희가 〈그린어스〉를 통해 기후 위기를 알리듯 젤리히는 스위스로 망명한 문인과 지식인들을 도왔다. 그는 요양병원에 입원한 발저를 찾아갔다. 함께 정원을 산책하며 대화를 나누었다. 평생 독신으로 지낸 발저가 사망한 뒤에는 그의 미발표 원고를 찾아 정리하고 보관했다. 이십 년이면 강산이 두 번이나 변하는 세월 동안 발저의 말을 옮겨 적었다. 깨알 같은 글을 정리하고, 생각을 연대기 순으로 기록했다. 젤리히를 보면서 당신은 또 다른 조력자들이 떠올랐다. 자신의 원고를 불태워달라고 한 카프카. 그 원고를 막스 브로트가 거부함으로써 카프카가 사후 빛을 받았듯이. 젤리히도 발저에게 브로트 같은 존재였다. 버지니아 울프에게는 남편 레나드가 있었다. 반 고흐에게는 동생 테오가 있었다. 예술가를 도운 사람들을 보면서 당신은 벽난로 앞에 앉아 불을 쬐는 기분이었다. 그들이 재희처럼 여겨졌다.

지구상에서 체구가 가장 크지만 온순하기 이를 데 없는 코끼리가 왜 트레킹하는 사람들을 공격하는지 알아? 먹이가 부족하니까 코끼리도 인내심이 부족해진 거야. 코끼리 습격으로 민간인이 숨지거나 다치는 사고가 십 년 전보다 세 배나 늘었대. 코끼리 보호 개체 수가 늘어난 반면, 삼림 벌채로 서식지가 줄어드니까 코끼리 떼가 주민들이 사는 마을로 출몰하는 거지. 이번 호에 코끼리 습격 사건을 취재해 싣기로 해서 태국 갔다 와야 해.

출장을 떠난 재희는 작년 십이월의 끝 이른 아침, 국제전화를 걸어왔다. 내일 도착하면 마라탕 먹으러 가자던 약속은 지켜지지 못했다. 뉴스는 비행기에 새가 날아 들어갔다. 랜딩 기어가 내려오지 않았다. 착륙하던 비행기가 철근 콘크리트 벽을 들이받고 폭발했다고 발표했다.

재희를 보낸 뒤 당신은 산길을 오르고, 해 질 무렵 아파트를 나가 텅 빈 풋살구장과 놀이터를 맴돌았다. 때로는 삼십 분 거리 번화가를 따라 도열한 아파트 대단지를 지나 시장을 봐왔다. 한 계절이 가도록 걷는 일이 일상이 되었다. 그러다가 몸을 추스르고 간 도서관 서가에서 우연히 『산책자』란 책을 발견했다. 당신은 그 책을 마침표에서 주어로 되돌아가며 반복해 읽다가 표지 안쪽의 작가 연보를 읽었고, 발저의 책들을 한 권 한 권 대출해 읽어 나갔다.

발저는 낮에도 밤에도 쉼 없이 걸어가며 자유로운 상태를 만들어 나간 거야.

당신은 중얼거리며 다크초콜릿을 혀끝에 녹여 먹듯이 눈송이처럼 사라지는 발저의 문장을 따라갔다. 그의 문장은 완성을 향해 나아가지 않았다. 눈송이가 땅에 내려앉는 순간 녹아버리듯 사라지는 문장이다. 사라지는 문장을 되살려내듯 당신은 작품을 노트에 한 글자씩 필사했지만, 노트를 덮는 순간 잊어버렸다. 그러다 오수에 빠지면 짝짝이 신발을 신고 다니는 꿈을 꾸었다. 왼발에는 모던이라고 쓰인 베이지색 구두를, 오른발에는 분홍색 구두를 신고 거리를 걸었다. 긴 골목을 빠져나가면 모던이 엘레강스란 글씨로 바뀌었고 왼쪽 구두는 연한 하늘색, 오른쪽 구두는 노랑으로 바뀌어 있었다. 꿈을 꾼 날에는 삼십 대 초반 스포트라이트를 받았던 때가 떠올랐다. '한국적인 서정성으로 미술계가 주목하는 신인 서미수' 화가로 데뷔했을 때 화단의 평에 당신은 한때 주목 받길 바랐지만, 발저는 주목받길 원치 않았다. 그저 썼다. 연필로 깨알처럼 이면지에 암호 같은 글자를 열 시간씩 쓰기도 했다. '등이 굽어가고 있다'라고도 썼다. 틈만 나면 몽상에 잠겼고 때로는 폭음도 했다. 불면증과 환청. 악몽에서 벗어나려고 했지만 불안과 발작에 시달렸다. 당신은 발저처럼 될까 두려웠다.

올봄, 재희의 부음을 재형으로부터 들은 당신은 장례를 치르고 이사를 했다. 재희와 함께 보낸 대도시를 벗어나 지하철 종점 외곽의 오래된 주공아파트였다. 누군가에게 주먹으로 얻어맞은 듯 흉통이 오면 빈백에 누웠다. 통증이 멈추면 일어나 발저를 읽었다. 가족들에게는 다시 요주의 인물이 될까봐 알리지 않았다. 화가의 길로 가지 않고 스물여섯 살 가을, 절간으로 들어가 하산하지 않았다면 운명을 피할 수 있었을까. 재희를 만나기 전 처음이자 마지막으로 부처의 길을 따라간 인도에서 귀국하지 않았다면 운명을 바꿀 수 있었을까. 당신은 우두커니 창밖을 보며 생각한다.

푸실푸실 날리는 눈이 기억을 실어 나른다. 텅 빈 승방을 쓸고 닦으며 석 달을 살다 산에서 내려온 기억이 침향처럼 당신을 감싼다. 지금 우리 방은 물건이 너무 많아. 승방처럼 좀 비워야지 어지러워. 재희와 살 때 당신은 말한 적이 있다. 무의식중에 내뱉은 말에 재희는 뒤늦게 고백했다. 전에 살던 네 방은 잠만 자는 방 같았어. 부엌문 열고 들어가니까 돌로 배수관을 막아놓고, 노끈에 널어놓은 빤스가 북어처럼 꾸덕꾸덕 말라서 내 이마를 친 거 넌 모르지. 그때 니가 고안 줄 알았어. 근데 자매들이 씨글씨글 하더라. 재희는 외동딸이었고, 가족은 엄마와 남동생이 전부였다. 재희는 당신을 자매로 여겼다. 틈만 나면 옷과 신발을 허락도 없이 사 날랐다. 취재를 갈 때마다 색연필과 물감, 스케치북과 굵기가 다른 펜을 사왔다.

지금 당신의 집에 있는 물건은 전부 재희가 쓰던 살림살이다. 재형은 집을 처분하며 하늘에서 우리 누나도 미수 누나가 자기 물건을 가져가기를 원할 거라고 말했다. 당신은 발저처럼 물건을 사 모으는 걸 원치 않았다. 재희와 함께 있는 것만으로도 행복했다. 일요일 아침이면 당신은 재희와 커피를 마시며 질문하곤 했다. 도스토예프스키가 용서란 무엇인가, 라고 하던데 용서란 뭐지? 세상에는 왜 고통과 악이 존재할까. 피를 나누지 않는 사람이 때로는 더 가족 같은 이유가 뭘까?

서로 갈등을 해결할 방법은 없는 걸까? 아테네처럼 철학자가 정치를 하도록 제도를 마련하면 이념 대립을 막을 수 있지 않을까? 설해목이 까맣게 잊고 있던 질문을 소환했다.

당신의 책상 독서대에는 책 누르개로 고정해 놓은 발저의 〈크리스마스 이야기〉가 펼쳐져 있다. 연한 초록 바탕에 삽화가 그려진 부분이다. 로베르트 발저의 시 〈눈〉에 형이 그려준 삽화다. 제목 위의 직사각형 안에는 수많은 점선이 그려져 있다. 왼쪽으로 구부러졌거나 오른쪽으로 그려진 선. 빠진 속눈썹 같은 눈송이들. 비탈로 올라갈수록 선들은 각자의 공간을 확보하며 자유롭다. 웅크린 등을 보이며 눈 덮인 비탈을 올라가는 청년 발저는 비탈을 넘어서는 순간 눈 속으로 사라져버릴 것 같다. 고독한 산책자 발저. 그의 글에는 인물도 사건도 명료하지 않다. 책을 떠나는 순간 글자들이 지워진다. 그가 마지막 작품 〈강도〉에서 썼듯이 자신이 '창조한 말은 시간을 채우기 위해 연필로 빼곡하게 쓴 손 글씨'이다. 이중섭이 은박지에 못으로 그림을 그렸듯이, 발저는 광고지나 아트지에 생각을 깨알처럼 썼다. 그는 해독 불가능한 암호 같은 마이크로그램 텍스트를 유산으로 남겼다. 흘러넘치는 생각을 원고에 옮겨 적기에도 바빴던 걸까. 쓰기에 몰입하느라 미처 글씨를 신경 쓰지 못한 걸까. 마이크로그램 텍스트 원본은 연필의 흔적

같았다.

당신은 혼란스러운 머리를 정리하려고 방안을 거닐기 시작한다. 이러다가 병원에 감금되는 건 아닐까. 불안과 두려움 사이 의욕이 교차하자 당신은 발저의 연보를 읽는다.

요양병원에 입원한 발저는 동그란 테이블과 작은 의자에 웅크리고 앉아 썼다. 평생 가구도 책도 집도 그 어떤 살림 도구도 갖지 않았다. 그는 무소유의 삶을 원했으며 오로지 걷기와 나무와 눈을 사랑했다. 호수를 바라보는 걸 즐겼다. 그는 왜 버지니아 울프처럼 호수로 걸어 들어가지 않고 눈 위에서 죽은 것일까. 나무, 해바라기, 구름, 새, 물방울로, 정물화로, 자화상 위치를 바꾸고, 색을 달리하는 것만으로도 다채로운 세계를 보여준 화가들과 달리 눈송이에 미쳤던 걸까. 발저의 〈천재〉란 작품에도 눈이 등장한다. 천재는 눈 위에 드러누워 세상이 자신 아래 파묻힌 걸 즐기는 듯하다.

당신은 눈보라 속으로 걸어 들어가는 발저의 삽화를 응시한다. 어쩌면 그게, 작가의 운명인지 모른다, 싶어진다. '함박눈이 내려 동화 같은 세계로 걸어 들어가자 온갖 편안함이 존재했다'라는 문장이 발저의 심리를 대변하는 것 같다. 풀잎에 맺힌 이슬처럼 사라져버린 발저의 '멀리 있는 중요한 것보다 가까운 곳에 더 큰 의미를 두었다'는 말을 이해할 것 같다.

당신은 책장을 한 장 넘긴다. 화석처럼 찍힌 운동화 발자국 끝에 발저가 누워 있다. 검정 프록코트 차림으로 눈 위에 대자로 누운 남자. 머리 위에는 벗겨진 중절모가 통로처럼 열려 있다. 코트 밖으로 팔목까지 나온 왼손은 눈을 쥐고 있고, 주먹 쥔 오른손은 허리에 닿아 있다. 일흔여덟, 크리스마스 날 발저는 눈길을 걷다가 심장마비로 쓰러졌다. 당신은 발저로부터 시선을 거두고 베란다 너머 숲을 본다. 바람이 불자 가지에 쌓인 눈송이들이 백설기 떡가루처럼 흩날린다.

나뭇가지에도 콘크리트 수로 위에도 눈이 덮였다. 앙상한 나무들 뒤로 수묵화 같은 산줄기가 보인다. 그 아래쪽에 엎드린 청색 지붕과 운동장은 고요하다. 봄부터 가을까지 나뭇잎에 가려져 보이지 않던 초등학교다. 적막한 학교와 달리 건너편 아파트 환기통이 생선 비늘처럼 반짝이며 빙빙 돌아간다.

당신은 문득 겨울 숲으로 들어가고 싶어진다. 여름 무더위를 피해 자주 올랐던 산. 봄의 초록 숲. 후덥지근한 열기에 갇힌 여름 숲. 바스락대던 가을 숲…. 일정한 간격을 두고 서 있는 나무들이 만들어낸 그림자로 술렁이는 숲. 그 신비로운 숲이 때때로 타지마할 궁전 같았다. 햇살이 강철처럼 뚫고 들어오는 숲보다 눈 덮인 숲이 무덤처럼 평화로워 보였다. 울프처럼 강으로 걸어 들어가 누구에게도 퉁퉁 부은 자신의 마지막 모습을 보이고 싶지 않다. 안나 카레니나처럼 달려오는 기차에 뛰어드는 건 끔찍하게 여겨졌다.

설경 앞에서 당신은 초조감을 느낀다. 당신은 연금을 깨고 적금을 깨서 구매한 주공아파트가 다 무슨 소용인가, 싶어진다. 베란다 유리문을 열어젖힌다. 선뜩한 냉기가 목에 감기며 삽시간에 집안을 점령한다.

당신은 싱크대에 놓인 전기주전자로 다가선다. 주전자에 생수를 붓고 버튼을 누른다. 믹스커피 봉지를 뜯어 하얀 사기잔에 부으려다 멈칫한다.

미수야, 우리 시드볼트에 가자. 노르웨이 시드볼트는 못 가도 백두대간 수목원 글로벌 시드볼트엔 한번 가봐야지. 거기 센터장을 알고 있어. 언제든 오면 관람시켜준대. 너 야생화 좋아하잖아. 씨앗을 얻어 와서 심자.

거기가 어딘데?

경북 봉화. 니네 집이랑 가까우니까 간 김에 집에도 가고.

재희의 말에 당신은 둘러댔다.

늘 바쁘다면서 갈 수 있겠어. 차도 없는데.

당신은 세계에 두 곳 뿐이라는 씨앗저장소에 호기심을 느꼈지만 재희에게 고향도 가족도 보여주고 싶지 않았다. 휴가 내면 갈게. 혀끝에 맴도는 말을 끝내 하지 못했지만 재희와 자주 외출했다. 지하철을 탄 재희는 한강을 내다보며 아, 나는 세느 강을 건너고 있다. 라인강이네. 하며 도시의 번잡 속에서 삶의 메타포로 치환했다.

커피 회사에서 사은품으로 준 주황색 커피잔을 사용했는데 언제 흰 잔을 꺼내 놓았지. 당신은 생각하며 흰 잔에 봉지커피를 쏟아붓고 티스푼으로 젓는다. 재희가 당신의 생일날 데려간 H호텔에서 몰래 가져온 잔이다. 코스 요리를 먹고 커피를 마시고 냅킨에 돌돌 뭉쳐서 재희는 순식간에 당신의 백팩에 집어넣었다. 미처 말릴 새도 없었다. 당신이, 이건 아니잖아. 도로 백팩에서 잔을 꺼내 놓으려고 하자 재희가 속삭였다.

이건 어디까지나 수집이야. 나 같은 콜렉터를 위해 호텔에서도 집기를 주문 제작할 때 플러스알파만큼 오더를 내린대. 내 말이 아니고 호텔에 근무한 사촌이 한 말이야.

당신이 눈을 동그랗게 뜨자 재희는 근거를 더 끌어왔다.

쥐스킨트 향수 영화 봤잖아. 향수를 모으려고 살해까지 하는 인간. 헤세의 나비 수집가. 그 아름다운 나비 등에 핀을 꽂아 박제해 미를 탐구하는 예술가들도 있는 거야. 아름다움을 자신의 것으로 소유하고 싶어서 명화를 훔치는 사람을 윤리적으로만 재단할 수 있을까. 인간은 복잡해. 세상에는 자신의 욕구를 충족시키려고 타인을 해치거나, 사기 치는 저열한 인간

56

도 있지만 아름다움을 훔치는 사람도 있는 거야. 혼자 인도 배낭여행 다녔을 때처럼 몸으로 부딪치면서 시야를 더 넓혀 봐.

재희는 카를 젤리히와 또 달랐다. 생명을 사랑하면서 향유했으며 투쟁적이었다. 언제나 취재지에서 새로운 물건을 가져왔다. 선후배를 연결해 잡지에 일러스트 그리는 일을 따오기도 했다. 원고료가 적었지만 당신은 재희를 위해 최선을 다했다. 재희는 일 년에 두 차례 외국으로 취재를 나가고, 유명 인사들의 인터뷰를 진행하고, 광고를 따오고, 밤을 꼬박 새며 월간지 교정을 보았다. 무슨 일이 있어도 마감일에 맞춰 월간지를 발간했다. 재희의 곁에서 몸이 약한 당신은 숨이 찼다. 넉가래로 눈을 치듯 당신은 일을 한꺼번에 쳐내는 사람이 아니었다.

당신은 하얀 사기잔을 들고 베란다로 나간다.

열 시가 지나자 하늘이 다시 흐려진다. 환풍기 돌아가는 속도가 빨라진다. 솜뭉치처럼 떨어지던 눈이 후르르 날린다. 봄이면 가장 먼저 꽃을 피우던 벚나무, 상수리나무, 산벚나무가 흔들린다. 아파트 단지에서 아이들의 함성이 들려온다.

당신은 패딩을 입고 자주색 목도리를 하고 현관을 나간다.

남자 아이 세 명이 눈을 뭉쳐 던진다. 허공을 가로지른 눈덩이가 차 뒤편에서 일어서는 남자애의 어깨를 친다. 반대편

차 앞에 선 두 소년은 공격을 멈추지 않는다. 아이가 지하주차장 입구로 도망친다. 다시 소년이 난간의 눈을 긁어모아 집게로 뭉쳐서 던진다. 하얀 공이 도망치는 아이 사이로 날아가 화단 목련 나무 기둥을 때린다. 나무에 하얀 공이 으깨진다. 퍽! 퍽! 둥근 자국을 남긴다.

한 아이가 자동차 보닛 위에 초록색 집게를 활짝 벌려 두 손으로 꾹 누른다. 동그란 집게에 담긴 눈이 야구공처럼 단단하게 뭉쳐진다. 하얀 공을 집어든 아이가 반대편 아이를 향해 뭉친 눈을 힘껏 던진다. 하얀 공이 검은 승용차 와이드 미러를 친다. 당신의 눈에 생기가 돈다. 초록색 집게를 든 아이 곁으로 주춤주춤 다가선다.

그게 뭐야?

눈집겐데요.

눈집게? 이런 게 다 나와? 우리는 손으로 눈을 뭉쳤는데.

이건 제일 단순한 거예요. 오리도 있고 산타, 곰돌이, 펭귄, 고양이도 있고 색깔별로 다 있어요.

색깔별로. 이거 어디서 사. 문방구에서 샀어?

아줌마는. 이 동네에 문방구가 어딨어요. 인터넷으로 주문하면 바로 와요.

아이들이 키득거리며 정문으로 몰려 나간다.

당신은 인도를 따라 걷는다. 발밑에서 눈이 으깨진다. 당신은 걸음을 멈춘다. 사랑방 아랫목 이불 속에서 무를 먹을 때의 그 하얀 맛, 쐐한 감정이 목을 조인다. 뒷동산 묘지의 눈이 녹으면 마른 잔디들이 드러났다. 마치 조각난 꿈 같아. 당신은 중얼거리며 지나간 꿈을 떠올린다. 기차나 여객선을 타고 출발 선상에 서 있던 꿈. 누군가 건네준 달콤한 시럽을 짜 먹고 머리를 감고 땅콩을 까먹고. 커다란 창문 앞에서 국수를 포장하던 꿈. 눈알이 빨간 뱀이 물속에서 솟구치던 꿈. 짝짝이 신발로 다녔던 최근의 꿈이 조각보처럼 이어진다.

재희를 떠나보내고 발저를 만나면서 당신은 자주 꿈속을 걷는 것 같았다. 발저의 삶은 눈송이처럼 흔적을 남기지 않았다. 누군가를 짝사랑하고 존경하다가 조용히 물러났다. 그는 엄마도 누나의 도움도 받지 못했다. 엄마는 우울증이었고 누나는 독신녀였다. 이십 대에 누나 집에 살기 전까지 발저가 세 든 곳은 팔십 군데였다. 언제나 생활고를 겪었다. 거주지가 불안정했다. 책도 빌려서 읽었다. 그러나 발저를 읽으면서 당신은 위로받았다. 끊임없이 셋방을 옮겨 다니면서도 쉼 없이 쓰고 쉬지 않고 출판사 편집부에 원고를 보냈다. 사십대에는 서른여덟 곳에 원고를 보내기도 했다. 살아생전에 인정받지 못했지만, 그는 쓰기를 멈추지 않았다. 당신은 발저를 보며 마음을 다잡았지만 이내 멍해졌다. 당신은 불안감을 떨치려고 골목을 따라 발을 옮긴다.

오후 두 시. 공인중개사 사무소 앞에는 여름내 꽃을 피우던 다알리아와 보라색 천일홍이 깨진 항아리와 사기 화분에 앙상한 가지를 꽂고 있다. 수없이 걸었던 골목길이 눈에 뒤덮여 고요하다. 저 순백의 눈밭을 걸어 문방구로 들어가 스케치 연필을 한 자루 산다면 다시 그림을 그리고 글을 쓸 수 있을 것 같다. 이 동네엔 문방구가 없어요. 하던 아이들의 말을 믿을 수가 없다. 도시를 걸을 때마다 학교가 있으면 그 주변에 문방구가 있었고 문방구 인근에 학교가 있었다. 알록달록한 알사탕부터 노트, 연필, 도화지, 색종이까지 없는 게 없었다.

당신은 공인중개소 맞은편 감자탕 가게를 지나간다. 주차장 건너편 카센터 지붕도 눈이 부시다. 꿈꾸는 지붕 아래 긴 쇠막대를 담장에 걸쳐놓은 카센터는 조용하다. 자동으로 차를 들어 올리고 내리는 리프트와 바람을 넣는 검은 선들. 허술한 지붕을 떠받친 쇠기둥은 층고가 유난히 높다. 안쪽에 층층이 쌓인 타이어는 얼마나 압도적인가. 바퀴는 구르기를 멈춘 채 동면에 들었다. 움직이는 거라곤 눈송이와 대문 밑으로 등을 낮추고 잠입하는 고양이 한 마리. 놈은 눈 위에 흔적을 남겼다. 둥근 삼각형 점 네 개. 포근한 흔적. 로베르트 발저의 잎맥 같은 운동화 자국보다 몇 배나 작은 앙증맞은 흔적이다. 당신은 작은 발자국을 가만히 내려다본다. 그때 아이들의 함성이 고막을 울린다. 당신은 흔적을 따라 소리를 좇아 걸어간다.

한없이 가벼운 눈이 부슬부슬 날린다. 옆으로, 사선으로, 줄을 잇듯 눈이 내린다. 그 하얀 빗금 속에서 아이들의 웃음소리가 터진다. 미끄럼대 뒤쪽이다. 눈을 뭉쳐 던지던 남자 같은 여자애가 도망치는 여자애 같은 남자애의 등짝을 향해 눈뭉치를 던진다. 검정 롱패딩 차림의 아이가 도망치다가 눈밭에 대자로 눕는다. 작은 공원은 아이들의 발자국으로 어지럽다. 당신은 그대로 서서 아이들의 흔적을 바라본다.

남자 같은 여자애가 쓰러진 아이를 발로 툭 차며 야, 죽은 척하지 말고 일어나! 소리친다. 사진에서 본 죽은 발저처럼 아이는 더없이 자유롭고 평화로워 보인다.

당신은 자력에 끌리듯 미끄럼대로 다가선다.

남자 같은 여자애가 산발한 머리를 흔들며 돌아본다. 젖어서 미역처럼 흐늘거리는 머리카락에 당신은 피식 웃고 만다.

아줌마. 혹시 집 나왔어요?

내가? 그렇게 보여?

좀 전에 어떤 아저씨가 빨간 목도리 두른 아줌마 보면 전화해달라고 이걸 줬어요.

남자애 같은 여자애가 점퍼 주머니에서 꺼내준 전단지에 '치매 환자 최정숙(70세)을 찾습니다'라는 문구가 적혀 있다. 단발머리 여자의 얼굴이 공허하다.

이 목도리는 빨강이 아니라 자주색이야.

당신의 말에 죽은 척하던 여자애 같은 남자애가 몸을 일으키며 올려다본다.

아줌마 우리 죽는 놀이 할래요? 제가 먼저 미이라가 될게요.

미이라? 그래 생각해 보자. 근데 너희들 근처에 문방구 어디 있는지 알아?

우리 동네에는 문방구 없어요. 제가 유치원 때는 있었는데 엄마가 요즘은 아기 울음소리도 듣기 힘들대요. 우리 학교도 전교생이 28명밖에 안돼요. 센트럴타워가 들어서면서 친구들이 도로 건너편으로 전부 이사 갔어요.

남자 같은 여자애가 시큰둥하게 말한다.

그래도 여긴 전나무가 있잖아.

당신은 스스로 놀란다. 전나무 숲길을 걷던 재희가 당신 안에서 말하는 것 같다. 전나무는 털갈이하듯 잎을 떨구고 나야 싱그러워지는 거야. 성탄절 트리 같지 않아.

아이들이 전나무 아래를 지나 쫓고 쫓기듯 풋살구장으로 썰매를 타듯 내려간다. 정갈하던 눈밭이 일시에 발자국으로 어지럽혀진다. 날짐승이나 들짐승의 발자국과 달리 퉁명스러운 발자국들. 산 것들은 흔적을 남기는구나. 당신은 눈이 지나간 자리를 물끄러미 내려다본다.

결국은 부재였던 거야. 순백의 눈은.

당신의 혼잣말에 호응하듯 눈송이 하나가 속눈썹 위에 내려앉는다. 눈을 깜빡거리자 눈송이가 금방 녹아버린다. 눈송이는 아랑곳하지 않는다. 당신의 머리와 어깨를 덮으며 온 세상을 자욱하게 덮어나간다. 사십 년. 당신 눈을 스쳐간 세상의 풍경이 지워진다.

아이들의 목소리가 멀어지고 풍경들이 흰 알약처럼 흩어진다. 당신은 냉기가 몸으로 스미는 걸 느낀다. 점점 흐려지는 의식 속으로 미술책에서 보았던 줄리앙과 비너스 석고상이 떠오른다.

아름다운 시절이었어. 우수에 잠긴 석고상을 보며 데생을 했지.

발자국을 지우는 눈송이를 보는 당신의 입가에 쓸쓸한 미소가 번진다.

3

그곳에 도착했나요

＊

백 벌? 그보다 많지는 않았지만 그에 모자라지도 않았다. 늘 수수한 차림인 엄마와 달리 최덕순 씨가 떠난 방은 장롱마다 옷들이 가지런하게 가득 걸려 있었다. 생전 침대에 누워 지낼 때도 덕순 씨는 단아하고 청결하게 옷을 입고 있었다.

엘이디 전등 불빛 아래 드러난 고급스러운 원단은 외출을 나설 듯 정갈하다. 여름 마 종류 블라우스와 아사 남방. 두께가 다른 스웨터와 린넨 재킷. 장롱 옷걸이에는 모피 코트와 투피스 종류. 두 개의 서랍장에는 항라 겹바지와 푸른 스란치마 저고리. 아래쪽 서랍장에는 인견과 면 속옷들이 책갈피에 끼워둔 낙엽처럼 납작하게 눌려 있다. 행거에도 화사한 평상복과 꽃무늬 원피스가 걸려 있었다.

주인은 없고 옷만 남았네. 이걸 다 어쩌지?

내 말에 부영 언니는 가슴에 새겨진 왕관 문양을 쓰다듬다 단추를 매만진다.

그러게. 매미는 허물을 벗고 한철을 사는데 엄마는 옷만 남기고 갔네.

돋을새김 노란 단추가 달린 울스웨터는 세련된 런던풍이다.

그 옷은 엄마도 언니보고 입으라고 할 것 같아.

나는 일주일 사이 몰라보게 초췌해진 언니를 위로한다.

이건 태워줘야지. 바다 건너왔다고 좋아했는데.

부영 언니가 스웨터 양쪽 팔을 모으고 반으로 접어서 보자기 위에 놓는다. 붉은 목단 꽃무늬 스웨터와 하늘하늘한 스란치마. 편하다고 줄곧 입어 회녹색으로 바랜 단속곳과 절복을 포개서 금색 보자기에 싼다. 다시 서랍에서 보자기 하나를 꺼낸다. 겉은 남색 안쪽은 인주색으로 네 귀퉁이에 색실 뭉치가 달려 있다. 혼수 예단을 쌌던 보자긴가, 짐작할 때 언니가 내 앞으로 누렇게 바랜 문종이를 내민다.

이것 봐. 하나도 버린 게 없어. 혼례 때 할아버지가 최 생원에게 보낸 아버지 사주단자야. 삼실과 솜까지 쌈지에 그대로 묶어 놨어. 육십 년이 지났는데.

변색한 문종이에는 '문수 임진년 진성 이씨 이재학 재배'라는 행서체가 한문으로 쓰여 있고, 두 개의 삼실은 빈 둥지처럼 돌돌 말려 있다.

이때부터 부잣집 막내딸 최덕순은 이문수에게 일생을 걸었는데 줄초상이 나면서 말년에 기가 팍 꺾여버렸어. 내년에 은퇴하면 휠체어에 태워 산책 다니려고 했는데….

서랍에서 옷가지를 꺼내던 손이 멈춘다. 명주 실타래 위에 놓였던 염주가 툭 떨어진다. 손때가 반질반질한 보리수 열매로 만든 백팔 염주다. 언니가 겹쳐 놓은 절복 바지와 스웨터, 삼베 저고리 위에 염주를 둥글게 두 번 감아 놓는다.

방안에는 맑은 된장국 냄새가 떠돈다. 장독에서 삭은 사그락거리는 된장에 애호박을 나박 썰어 끓인 장국의 싱싱한 생물 맛이 되살아났다. 덕순 씨의 손맛은 맛깔스러움의 극치여서 명절 때도 고향을 거쳐 이곳을 찾도록 했다. 쌀가루를 치대 깨와 통밤으로 소를 넣고 빚은 쫀득한 송편과 감칠맛 나는 고등어조림과 장국은 올골집 맏며느리 특식이었다. 집에 도착하자 우리는 된장국을 끓였지만 맛이 달랐다.

이모 간병 다니면서 모은 돈을 매달 백만 원씩 동생한테 부쳐준 송금 영수증까지 베개 밑에 넣어 놨네. 끝까지 책임을 다했다는 거지.

부영 언니의 공허한 목소리가 복도처럼 긴 방안을 울린다.

올 2월, 부영 언니는 엄마를 요양원에 보내면 어떻겠냐고 제안을 받았다. 중국에서 코로나 바이러스가 확산 중이라는 뉴스가 전파를 탈 무렵이지만 국내는 아직 문제없었다. 월간지 마감에 쫓기던 언니는 구정에 케이티엑스 예매를 놓쳐 간신히 명절을 하루 앞두고 고속버스를 탔다. 이미 동해로 가는 도로는 정체가 이어졌다. 바흐의 첼로 저음 같은 저녁노을이 들어찬 마당으로 들어서자 아랫집 여자가 와서 채근했다고 한다.

언니! 약값, 식비, 병원비까지 합쳐봐야 육십이에요. 이번에 우리 요양원에서 특별가로 어르신을 모시는데 명절 쇠고 엄마 보내는 게 어때요. 걷지도 못하는데 혼자 지내다 지난번처럼 넘어지면 어떡해요. 저한테 맡기면 잘 돌볼게요. 씻겨주고 간식 주고 삼시 세끼 뜨신 밥 나와요.

삼시 세끼 밥을 주고 씻겨준다는 말에 부영 언니는 거의 기울어졌다. 그러면, 여름만 지내보고 집으로 다시 모실게요. 그날 저녁, 언니는 고등어조림을 차려내고 엄마가 숟가락을 놓고 느긋해질 때까지 기다렸다가 손을 잡고 말했다고 한다. 요양사가 오전에 다녀가면 종일 혼자 있고 밥도 걱정된다고. 여름에 더우니까 잠시만 요양원에서 지내면 추석 때 다시 집에 오면 된다고 설명했다.

일이 꼬이려니까 홍 요양사가 하필이면 그 무렵에 엄마 자존심을 건드린 거 같아. 미역국이 짜다니까 커피포트를 들고 오더니 엄마 보는 앞에서 국에다 물을 붓더니 틱 밀어놓고 핸드폰만 보더래. 엄마 성격 알잖아. 말도 안 하고 핸드폰 보려거든 오지 말라고 했대. 그리곤 아랫집 요양사로 바꿔 달라는 거야. 아랫집 요양사는 요양원으로 출근하게 되어 새벽에만 올 수 있다고 해도 막무가내였어. 환자가 스트레스 받으면 안 되니까 결국 아랫집에 부탁했지. 아랫집 여자는 새벽 여섯 시에 현관 입구에 달린 출근 데크를 찍고 삶은 달걀과 요구르트를 엄마에게 차려주고 앞마당 고구마밭에 물을 주고, 저녁 밥상도 차려놓았다고 했다. 그렇게 레인지에 밥을 돌려 엄마한테 차려준 것만 해도 어디냐며 언니는 아랫집 여자를 살뜰히 챙겼다. 부영 언니보다 여섯 살 어린 아랫집 여자는 삼 년 전 남편이 치매 진단을 받자 요양원으로 옮긴 뒤 요양보호사 자격증을 따고 주부, 농부 일인삼역을 해내고 있었다.

끼니때마다 뜨신 밥이 나온다기에 내가 정신이 나갔지. 밥이 문제가 아니라 위생 관념에 노출된 복지시설을 믿은 내 잘못이야. 요양원에 가자마자 엄마는 핸드폰을 빼앗겨서 나한테 변비가 있는 걸 알리지도 못했어. 변을 못 볼 정도로 배가 아프면 환자한테 생리 현상부터 물어봐야지 왜 개인병원에 모셔 가냐고. 위급하다는 연락이 와서 중환자실 갔더니 환자들이 모두 산소호흡기 달고 있었어. 보호자들은 멀뚱멀뚱 쳐다만 보고 있더라고. 의사도 없었어. 주말이라 월요일에 출근해서 다른 병원으로 이송도 할 수 없대. 의사 소견서가 있어야 이동할 수 있다고만 했어. 정말 더 기가 막힌 건 엄마가 돌아가셨다니까 요양원에서 갖고 간 이불과 베개를 챙겨서 반납해야 한다는 거야. 소름이 끼쳤어. 누비질한 이불에 얼마나 많은 세균이 살고 있을까. 그 이불을 또 다른 누군가 덮는다고 생각해 봐. 이불도 숟가락도 공동으로 쓰고 개인용은 없었어. 엄마는 유별나게 내 거 아니면 안 썼잖아. 내 이불, 내 베개, 내 숟가락을 정해놓고 살았어. 동네 노인 회관 나갈 때도 키친타올 두 장에 숟가락을 돌돌 말아 일회용 팩에 넣어 다녀서 유난 떤다고 욕먹은 엄마야. 칠월에 코로나가 잠잠해져 찾아갔더니 다인실에서 간병인이 다른 할머니 밥 먹이다가 엄마 밥을 먹이고 옆 사람 밥을 또 먹이는 거야. 엄마는 세균에 완전히 노출된 거야. 병원에서 바나나우유를 먹이려고 했더니 먹이지 말래서 안 먹였는데 간호기록지에 먹였다고 써놓고. 류마티스 관절염인데 엄마 손을 침대에 묶어 놓은 건 기록도 하지 않았어.

환자 손을 왜 묶어?

하는 내게 언니가 장롱 서랍에서 미색 저고리를 꺼내며 말했다.

얼굴 긁으면 상처 난다고 그랬다는데 콧줄을 뺄까 봐 그랬겠지. 콧줄이 숨구멍을 막고 있어봐. 얼마나 간지럽고 답답하겠어. 노인들은 콧줄 하나와 전쟁을 벌이는데 병원은 일손이 달리니 통제하려고 그냥 묶어두는 거야. 사회복지서비스 받으러 가서 삶에 대한 자기 결정권을 포기 당하는 게 말이 되냐고.

미색 저고리에 새겨진 녹색 덩굴이 코 위관처럼 서늘하다.

여기 색감 좀 봐. 사십 년이 지났는데 그대로야. 엄마가 이 저고리에 스란치마를 받쳐 입고 우치마키[1] 머리를 하고 학교에 온 적 있어. 담임이 아버지가 공무원 주사인 줄 알면서 군수 부인이 왔다고 할 정도였어. 언젠가 방 청소하는 나더러 저 많은 옷을 어떻게 하냐고 엄마가 물었어. 내가 입으면 된다니까, 니가? 그러면 좋아하면서 웃었어. 엄마는 할 말이 많았던 것 같았는데 난 집에 오면 청소하고 꽃밭에 풀 뽑느라 얘기할 시간도 없었어. 삼우제 때 산소에서 제를 지내고 막내 결혼식에 입은 한복과 두루마기는 태웠는데 이건 간직해도 되지 않을까. 삼실 풀어 고운 베보자기라도 꿰매야겠다.

---

1) 우치마키: 일제강점기 시대 여성들이 했던 머리카락을 안으로 마는 헤어스타일

부영 언니의 말에 나는 엄마가 아꼈으면 태워줘야지 하다가 창밖으로 고개를 돌렸다. 린넨 커튼 사이로 새나간 불빛으로 뒤뜰이 은은하다. 크고 작은 항아리가 놓인 뒤뜰은 에드워드 호퍼의 그림 같다. 가을을 알리는 귀뚜라미 소리가 창을 넘어온다. 방을 나간 거미는 어디에 또 그물을 치고 있을까.

발이 저려 벽을 짚고 일어나 거실 미닫이창 앞에 선다. 낮은 담장 너머 차들이 달리던 국도는 한 치 앞을 분간할 수가 없다. 아랫집 입구와 마을 회관 앞에 가로등이 있지만 밤에는 적막강산이다. 국도를 지나는 차량 전조등 빛이 이따금 어둠을 가른다. 차츰 마당이 눈에 들어온다. 반송과 돌배나무와 감나무. 담장 끝에 선 매화나무. 큰 도로 건너편은 바다와 가까운 마을이다. 쓰쓰스쓰스 치치치치. 귀뚜라미 소리가 모스부호처럼 신호를 보내온다. 곤충들은 빈집을 용케도 알아냈다.

최덕순 씨 사십 구제를 앞두고 삼척으로 내려온 우리는 보일러를 올리고 창문을 활짝 열어젖히고 청소를 시작했다. 대걸레로 바닥을 닦는데 걸레가 뻑뻑했다. 쭈그리고 앉아 대걸레를 살폈다. 수십 가닥의 거미줄이 밀대에 새까맣게 엉겨 붙어 있었다. 허공도 아닌 방바닥에도 거미가 줄을 치나? 내가 묻자 장롱을 열던 부영 언니가 말했다. 엄마가 간혹 천장에서 내려온 거미와 놀았다더니 그새 거미가 방을 점령했나 봐.

최덕순 씨도 거미도 누구에게도 침해받지 않을 자기만의 공간이 필요하다. 덕순 씨는 사랑채 손자들 방에서는 잠도 못 자게 했다. 조카들이 외지로 떠나 비어 있었지만, 우리가 내려가면 큰방에서 같이 자자고 했다. 부모 없이 자란 형제의 책상이 나란히 놓인 사랑방은 손자들만의 영역이다. 예전에 아버지가 쓰던 사랑방은 방문이 굳게 닫혀 있다. 어둑해져서야 대구에서 내려온 두 조카는 시내로 나가더니 함흥차사다. 언니의 남동생은 새벽에 도착할 것이다. 둘이 있는데도 집안이 휑하다.

부영 언니와 살았던 서울의 십오 평 방은 좁았지만, 우리에게는 더없이 아늑한 공간이었다. 대학 선후배 모임에서 만난 부영 언니의 집으로 내가 이사를 갔다. 월세를 낸다고 하자 부영 언니가 전셋집이라며 사양 했다. 트렁크 두 개가 전부인 나와 달리 선배의 방은 골동품점을 연상시켰다. 떡 치는 안반과 문살과 궤짝으로 거실과 방을 꾸몄다. 이게 다 뭐냐고 하자 부영 언니가 말했다. 아버지 돌아가시고 엄마가 방을 합치고 벽을 트고 집수리를 할 때 차에 싣고 온 거야. 아버지 캐비닛에 꽉 차 있던 책들과 북해도에서 수련한 임원 관련 연구 기록 스케치한 노트 몇 권은 건져서 사랑방 책꽂이에 꽂아 놓았는데 이제 그걸 누가 보기나 하겠어. 옛날 물건들이 진짜 많았는데 집수리하면서 고물차가 다 실어 갔지. 한숨을 내쉰 부영 언니가 가정사를 들려주었다.

땅문서를 농협에 맡기고 선거에 뛰어든 아들을 잘못 키웠다며 할아버지가 식음을 전폐하고 돌아가셨다. 십년 뒤 할머니가 구십에 노환으로 돌아가시고 아버지가 심장마비로 갑자기 돌아가셨다. 오빠 내외는 조카 둘을 남기고 교통사고로 갔다. 부영 언니는 졸지에 가장이 되었다. 시로 등단했지만, 매월 마감에 쫓기다 자정 무렵 퇴근해 새벽까지 넷플릭스 영화를 보고 잤다. 무기력한 언니를 위해 나는 청색 커튼을 걷고 차분한 무채 느낌으로 집을 바꿔 나갔다. 미저리처럼 선배에게 글을 쓰라고 다그쳤다. 언니가 시를 쓰기도 전에 엄마의 사망통지서가 날아들었다.

뭔가 이상하지 않아. 우리 이모가 요양원으로 가더니 이십오일 만에 폐렴으로 돌아가셨는데 엄마도 이십오일 만에 돌아가셨어. 세균 감염 같아. 아랫집 여자가 환자를 유치하려고 데려갔나 봐. 한 명 유치하면 건보에서 입원비 팔십 퍼센트를 지원한다잖아.

저고리 위에 절복 바지를 포개 놓던 언니가 고개를 든다.

설마.

나도 처음엔 설마 했는데 장례식 때 아랫집 요양사가 너한테 하는 거 봤잖아.

언니가 고리눈으로 쳐다본다.

장례식장에 도착하자 아랫집 요양사가 느닷없이 내 손을 붙잡고 울음을 터트렸다. 이렇게 황망하게 돌아가실 줄은 몰랐어요. 저 때문인 것 같아요…. 엉겁결에 나는 등을 두드려주었다. 아랫집 여자는 밝고 씩씩했다. 오랜만에 만난 우리를 위해 텃밭에서 방울토마토, 오이, 가지, 애호박을 담장 너머로 넘겨주고 애호박전과 감자를 쪘다며 건네주었다. 고구마밭에 물을 주는 동영상을 언니 카톡으로 전송도 했다. 부영 언니는 귀향할 때마다 선물을 챙겼다.

언니가 혼수 보자기 끝에 달린 색실을 손가락으로 빗어 내리며 말한다.

지금도 별생각이 다 들어. 그 개인병원이 요양원과 단합한 게 아닐까. 레지던트도 없는 중환자실에서 엄마가 얼마나 무서웠겠어. 갑자기 180까지 혈압이라도 올라가 봐. 그냥 심장이 멎는 거야. 주말엔 출근도 안 하고 의사들이 집에서 뭘 올려라 내려라 지시하는 대로 움직이는 간호사도 문제야. 환자 상태를 관찰하고 살펴야 하는데 간호기록지만 작성한 것 같아. 간호사가 의사와 통화한 기록과 딸하고 통화한 기록도 있다기에 내가 딸인데 뭔 소리냐니까 아랫집 여자가 딸이라고 했대. 만일에 대비해 병원에서 간호기록지 사본 복사해왔어. 가방에 있으니까 너도 봐. 엄마는 설사 때문에 링겔을 맞았는데 세균성 장염에 의한 패혈증 쇼크사로 돌아가셨어. 마른하늘에 날벼락이지. 인터넷으로 검색했더니 병원에서 패혈증 쇼크로 죽은 사람이 한둘이 아니야. 연극인, 가수, 유명 강사, 친구 엄마도 패혈증으로 돌아가셨어. 우리 동창들도 나처럼 멀리 있어 자주 찾아볼 수 없으니까 간병인한테 수고비를 얹어주는데 아무 소용이 없대. 울며 겨자 먹기로 요양병원이나 요양원 믿고 부모를 맡기는데 이게 뭐야. 시설은 돈만 챙기고 노인들은 뒷전이야. 동물원에서도 동물들이 더우면 풀장에 얼음 넣어주는데 웃기지 않아. 케어하는 사람이 집으로 방문하게 해야지 왜 시설에다 정부에서 돈을 줘. 다 우리 세금이잖아. 이렇게 섬세하지 못한 운영이 문제가 있는 거야.

좀체 흔들리지 않던 부영 언니는 분별력을 잃어가고 있었다.

코로나로 면회를 못 가다가 석 달 만에 갔을 때도 엄마는 기억력이 또렷했어. 나보고 요즘 코로나 때문에 저승사자가 일거리 많다고 안 데려간다고 농담까지 했어. 자정 무렵 엄마 혈압이 계속 떨어진다고 전화가 왔어. 부랴부랴 다시 병원 갔더니 엄마는 코에 호스를 꽂고 버티는데 간호사들이 연명 치료를 할 거냐고만 묻는 거야. 말기 암으로 소변 주머니 차고 다니면서 돌아가시기 직전까지 전국으로 통일 강연 다니던 별.

너도 알지 신 장군. 생전에 자신이 가족을 알아볼 수 없으면 치료하지 말라고 유언장에 썼다는 말이 생각나는 거 있지. 별을 단 장군도 인공호흡기 달고 일 년이고 이 년이고 누워 지내는 건 본인한테도 가족한테도 고통이라던 말이 기억나더라고. 엄마는 무슨 말을 할 것 같은데 말을 하지 못했어. 엄마 손발을 문지르며 눈 좀 떠보라고 까뒤집으니까 눈에 눈물이 고여 있었어. 병원에서 환자를 쉬게 한다기에 집에 왔는데 그새 나빠진 거야. 병원에서는 사망 날짜와 시간을 적고 흰 천을 미라처럼 머리에 덮어씌우고 택배처럼 옮기는 거야.

129 사설 응급차가 도착하자 이동 침대에 덜렁 들어서 옮기고 막 달리는 거야. 장례식장 병원에 도착하니까 매미가 비명을 지르듯 달려들었어. 이제 엄마는 영원히 못 오는구나. 심장이 터질 것 같은데 응급차 기사가 이건 아무것도 아니라고 하는 거야. 그 차에 별별 사람들을 다 싣고 다녔대. 머리가 수박처럼 갈라진 사람. 고속도로 공사장에서 크레인이 콘크리트 상판을 옮기다가 떨어뜨려 수신호하던 사람을 덮쳤대. 살점이 산산조각 분수처럼 솟구쳐 다리 기둥과 나무에 달라붙어 핀셋으로 긁어 박스에 담았대. 그런 장례가 제일 힘들었대. 마네킹처럼 팔다리가 떨어진 사람들 사지 맞추고. 교통사고 난 시신 수습하고. 앳된 이십 대 외국인 노동자들 싣고 가다가 차가 뒤

집혀 시신을 수습해서 옮겼다는 것까지.

부영 언니의 말에 안톤 체홉의 여행기가 떠올랐다. 체홉이 사할린섬에서 석 달을 머물며 사형수들의 삶과 그곳에서 거주한 노동자들의 삶을 기록한 탐사 보고서에는 인간을 통제하는 시스템이 도리어 생명을 앞당기는 올가미로 작동한다는 걸 보여준다. 인간답게 살 수 있는 조건은 불평등한 구조를 바꾸려는 의지에서 오며, 현실에 단단하게 발을 딛지 않고서는 변화를 끌어낼 수 없다는 책임감에 작가는 시달렸다. 활자가 세상을 바꿀 수 있을까. 소설로 나는 무엇을 바꿀 수 있을까. 회의감이 들었다.

의료 사고는 제기했어?

내 말에 부영 언니가 한숨을 내쉬었다.

엄마를 부검한다기에 포기했지. 그런 방식으로 기를 팍 죽게 하더라고. 상대를 무기력하게 만드는 방법 같아. 완전히 다 잃은 자들에게 부검이라니. 세상에 보이는 게 아무것도 없는데… 일본에서 돌아온 아버지가 마작에 빠지고 술을 자주 먹어 엄마와 다툼이 많았어. 일본 문화에 푹 젖은 아버지가 싫었던 거지. 일본식 낫또를 만들어야 했고 고춧가루가 들어간 음식이 상에 올라오면 안 됐고. 미소 된장에 김은 빠지면 안 됐고. 시골에서 가당키나 하는 소리야. 절대 안 되지. 나도 많이

하잖아. 오성급 호텔에서 숙식하고 세미나하고 최고급 요리 먹고 외국 취재 나간 얘기. 그게 향수처럼, 가끔 그 알싸한 소스 맛이 사람을 찌른다니까. 그래서 사람들이 바람이 나나 봐. 엄마는 그래서 식재료를 아주 예민하게 생각하는 버릇이 생겼어. 냉장고 몇 번째 칸에 뭐가 있는지 누워 있어도 다 외우고 있더라고.

부영 언니는 후회와 아쉬움을 온몸으로 이겨내고 있었다. 토란잎 그늘 밑에서 비를 피하는 청개구리처럼 물방울 벼락에 생사가 갈리는 삶. 구름 속에 묻혀있던 달이 탈출했는지 휘영청 밝다. 줄곧 방안을 깨우던 시계 초침이 분침을 달칵 움직인다. 벽에 높이 걸린 원목 시계와 반대편에 걸린 장미 램프. 냉장고 소리가 거실을 동결시킨다. 사랑방 두 개를 터서 한 개로 만들고, 웃방과 샛방 큰방 세 개를 터서 한 개로 수리한 겹집 형태의 기와집. 군대 막사처럼 기다란 안방이 썰렁하다. 거실로 드나드는 햇살과 거미와 놀며 팔순의 최덕순 씨는 무슨 생각을 했을까. 나는 방바닥을 점령한 거미줄을 발견했을 때처럼 먹먹해졌다.

부영 언니가 백팔 염주가 놓인 옷 보따리를 묶어 장롱에 넣는다. 옷장에 걸린 고급 옷들은 팔다리만 끼면 화려한 외출을 나설 듯하다.

아버지 돌아가셨을 때 캐비닛을 정리하는 동안 검은 나비가 방으로 들어와 며칠을 날았어. 오빠가 교통사고로 갔을 때는 노랑나비가 산소에서 집까지 따라왔는데 엄마 산소에는 흰나비가 오고 호랑나비도 왔어.

부영 언니의 목소리가 소식한 뒤뜰 귀뚜라미 소리와 섞인다.

마당으로 나오자 밤공기가 차다. 파도가 잠든 바다처럼 고요한 밤. 달과 나무와 꽃밭을 따라 둥글게 놓인 돌들. 수돗가에 둘둘 말아놓은 파란 고무호스가 똬리 튼 뱀 같다. 처음 왔을 때 담장을 겨우 넘었던 소나무는 이제 감나무보다 키가 크다.

평상으로 다가서며 롱가디건을 여민다. 아랫집 요양사가 여름내 물을 주어 키운 고구마 줄기에는 살이 올랐다. 속이 노란 고구마를 먹으며 아, 달다. 달다. 짭짭거리며 아이처럼 먹던 최덕순 씨가 새삼 그리웠다.

방을 나온 부영 언니가 평상에 나란히 앉으며 말한다.

엄마는 돈을 비닐봉지에 넣어서 저기 감나무 밑에 묻어 놓고 우리를 공부시키느라 장에 가서 호떡 한 개도 사 먹지 않았대. 유신 시대를 살아온 아버지. 술을 먹은 아버지 주머니에 누군가 돈을 찔러 넣어 억울하게 공직에서 옷을 벗었지. 그때부터 아버지는 산판 목상을 하면서 마작에 빠져 지냈어. 속을 끓이던 엄마는 밤중에 나더러 아버지를 데려오라고 했어. 한번 나가면 며칠씩 안 들어왔거든. 엄마는 일제강점기에 초등학생이어서 일본어 교과서로 공부해서 걸핏하면 '도코이쿠노'라고 했어. 오죽하면 내가 그 말을 외웠겠어. 어디 가냐고. 아버지가 대학 나와서 일본에서 3년 연수해 주로 일본말을 썼거든. 난 서울로 올라갈 궁리만 했어. 엄마가 힘들었을 거야. 교통사고로 오빠 내외가 어린 조카들을 두고 떠난 뒤에도 혼자 애들 키우고 들일하면서도 학교 행사에 빠진 적이 없었어. 애들이 엄마 없다는 말 들을까봐 학교에 갈 땐 읍내 가서 고데기로 머리 말고 곱게 화장하고 제일 좋은 옷을 입고 갔지. 조카들이 중학생 고등학생이 되면서 키가 백팔십이 넘고 장기도 크면서 열불 나는지 2리터 음료수병을 단번에 비웠어. 지금도 조카들은 그 버릇이 남아서 탄산음료를 많이 먹어. 하루 세 병씩 비울 때 엄마는 새벽에 일어나 감주 만드느라 정신없었지. 애들이 다 커서 직장 잡아 나가니까 화장실에서 넘어져 엉치뼈를 다쳐 그길로 드러누웠지. 나는 맨날 옷이랑 필요한 물건을 사서 보내면서 퇴직할 때까지 엄마가 잘 지낼 줄 알았어. 엄마가 헛것이 보인다고 한번 말했는데 집에 오면 풀 뽑느라….

병원 기록지 사본 뗐다더니 어디 있어?

내 가방에. 아니지. 너도 봐야지.

언니가 방으로 들어서며 가방에서 맑은 파일에 든 기록 사본을 꺼낸다.

간호기록지는 2020년 8월 14일 6시 30분부터 8월 17일 새벽 1시 20분. 'P의료원 장례식장 직원이 방문해 사망환자 이송해 나감'으로 끝나 있었다.

ㅇㄷ요양원 최덕순 씨는 25일 만에 장염으로 개인병원에 실려 갔다가 간호사들의 보호를 받으며 생을 마감했다. 향년 팔십육 세.

나는 거실 탁자 앞에 앉아 기록 사본을 넘겼다. 덕순 씨의 마지막 생은 잠과 약물 사이에서 삶에 대한 애착을 놓지 않은 투쟁으로 얼룩져 있었다. 교대한 간호사가 깨울 때 잠에서 빠져나오려고 했지만 지속된 약물 투여로 가수면 상태여서 눈조차 뜰 수가 없었다. 그러나 간호기록지에는 처방과 오더. '충분히' 설명하고 보고. '상세히' 지시라는 단어가 시간대별로 정리되어 있었다.

간호기록지

2020-08-14 18:36 작성자 서명 신선란

ㅇㄷ요양원에 입소 중인 환자로 어제 설사 후 오후 5시경 내원. 열이 나서 집중 치료로 응급실 입원. 이름을 묻자 여기

데려온 양미리한테 물어보라며 고개를 돌림. 평소 류머티즘 관절염으로 와상 생활. H대 병원에서 4년간 약 복용.

18:52. Pt 기저귀에 설사해서 갈아 끼우려고 하자 경기를 일으키며 본인이 갈겠다고 거부해 성인용 기저귀 한 장으로 교체. 삼십 분 소요됨.

19:15. 보호자 따님 방문. 바나나우유 먹임.

양미리가 딸이라며 연락처(010-4321-3600) 남기고 식사하러 감.

Dr. 박기호, Dr 유정기에게 알리고 입원 결정→중환자실 입원.

유락신 바르고 환의 상하 갈아입힘.

19:40. 세균성 장염 IMP(진단)

환자 얼굴 창백. 자가 움직임 안 보이다가 양손, 양다리를 조금씩 움직임. 아픈 곳 물으니 고개 흔듦. 하체가 차고 양쪽 발바닥에 경미한 청색증 나타남. 보호자에게 입원 안내문. 중환자실 입원 동의서. 비보험 사용 동의서 받음. 환자 낙상 방지 및 안전 간호와 치료를 위해 안전띠 사용을 딸에게 서명받음.

20:45. 주치의에게 연락해 환자 상태 보고. 진갈색으로 배액된 소변. 수액 주사, 경구약 처방받음.

23:40. 전신 쇠약 증세 보임.

02:45. 트리손 키트 2g 주사. 15분 뒤 다시 주사.

2020-08-15 06:00 작성자 서명 이행자

환자 체위 변경 시 아야야, 소리침. Angio 22G*1(주사바늘) 사용.

09:04. 숨차냐는 질문에 눈을 감음. 양손과 발바닥에 청색증 나타남. 직원 도움으로 아침 경구용 약 드리자 사래 증상 보임.

14:00. 환자 복부 팽만감 보이지만 통증, 설사 증상 없음.

14:20. 담당 과장 회진. 환자 상태 확인 뒤 도파(혈압 맥박 상승제) 15cc/hr→25cc로 시간당 증량 처방.

16:20 작성자 서명 신선란

보호자 따님 방문. 환자 컨디션 및 금식 상태 설명했지만, 막무가내 곡기를 끊으면 안 된다며 본인 맘대로 바나나우유를 티스푼으로 먹임.

도파민 5cc/hr씩 감량 오더.

18:20. 전신 쇠약. 얼굴과 몸 청색 띰. 저녁 약 못 삼키고 흘림. 어두운 갈색 소변 배액.

18:50. 주치의 회진. 노르핀 30/hr 도파민 5cc/hr씩 감량 오더.

21:30. 도파민 5cc/hr로 감량.

2020-08-16 07:05 작성자 서명 이행자

환자 아침 알약 못 넘김. 주치의에게 환자 상태 보고. MU (600)(점막약) 처방.

09:00. 숨차냐고 묻자 "나는 죽었다"고 중얼거림. 사지말단 청색증 보임.

15:00. 어지럽다고 혼잣말. 도파 5cc/hr 노르핀 30cc/hr keep

18:00 작성자 서명 정해결

이름을 부르자 "나는 죽었다"고 반복함. 사지 차가움. 호흡 곤란 Zero. H.R(심장 박동수) 130-150 부정맥 보임.

21:00. 환자 계속 잠을 자서 깨우자 "나는 살아 있다"고 반복. 사지 여전히 차가움.

23:35. 주치의에 환자 상태 보고. 노르핀 20cc/hr 증량.

00:02. HR 150-160. 간간이 170 체크 상태. 환자에게 가슴이 답답하냐고 묻자 힘없이 대답. 주치의에게 연락했지만,

연결 안됨. 노르핀 120cc/hr kept

02:30. 환자 자다가 인상 찡그리고 못된 것들! 이라고 소리침.

06:10. 잠에서 깬 환자 구강 간호 시 가쁜 호흡 관찰. 노르핀 120cc/주치의 디곡신+이솝틴4/1@ IVs inj[2] 오더 내려 시행.

08:30. 백반증 장폐색 88%대 떨어지다가 95로 오르며 기복 보임. 마스크 5L 증량하고 주치의께 보고. 상태 안 좋아 보호자에게 DNR[3] 시 기관 삽관, 기계 환기 물어보라고 하심. 오더받아 바로 처치.

08:50. 보호자와 통화. 주사 등 기본 치료 충분히 설명하고 연명 치료 안 할 거냐고 전화로 계속 물었지만 남동생이 내일 결정할 거라고 대답.

2020-08-17 12:00 작성자 서명 신선란

보호자 아들 면회 옴. 환자 상태 충분히 설명한 후 심폐소생술(CPR) 여부에 대해 적극적으로 상세히 설명하고 연명 치료 다시 물었지만, 안 하기로 결정. 아들에게 기관 내 삽관, 인공

---

2) IVs inj: 정맥주사 처방
3) DNR(Do Not Resuscita-심폐소생술 하지 않는다)

호흡기, 심장 마사지, 연명 치료 구두로 서명받음.

14:00. 부정맥 보여 담당 주치의께 환자 전반 상태 보고. 노르핀 150cc/hr 증량.

18:10. 환자 사지 차가워지고 간간히 호흡 빠르며 심호흡. 보호자 따님 방문. 함께 환자 상태 지켜보다 가실 때 보호자에게 문제 발생 시 곧장 병원으로 내원해야 한다고 설명. 30분 뒤 환자 숨이 가빠짐. 걸어서 병원으로 오면 도중에 임종 못 볼 수 있다고 충분히 설명함.

20:10. 환자 사지 축축해짐. HR:130-170 부정맥 보이며 심전도(EKG) 리듬 수시로 변함. 담장 주치의께 환자 상태 및 EKG 전송.

22:05. 환자 컨디션 질문에 무반응. 가쁜 호흡 심해짐.

22:50. 주치의에게 환자 상태 보고하자 보호자에게 연락해 상태 보고하라고 지시하며 사망 시 당직의 확인 받으라고 함. 보호자가 오늘 못 넘기겠냐고 물어서 와서 보게 함.

23:00. 환자 눈을 감지 못함. 통증 자극에 반응 안 보임. 동공 반사 확인. 호흡 24회 불규칙으로 가쁨.

23:25. 보호자 도착(따님 외 조카 2인). 환자 심장 박동수 0 상태 확인 뒤 오열. 가족은 간섭하지 말라더니 병원에서 이럴 수 있냐고 따져 아침, 저녁에 상태가 안 좋아질 수 있음을 알

렸다고 상기시킴. 따님이 돌아가실 때까지 밥을 주기로 했다며 원망함. 환자 보실 분 더 있냐고 묻자 아들이 서울에서 온다고 함.

23:40. 보호자 지켜보는 가운데 Dr. expire 선언. 전체 차트 정리해 심사과 내리고 영안실 연락.

23:50. 보호자와 손자 2명에게 퇴원 수속과 이송 절차 설명. 보호자 딸이 손자들에게 물어보지 마. 저것들 다 병신들이야, 막말하며 환자 살려내라고 소리치며 스테이션 테이블을 손으로 내리침. 또 너네들 요양병원과 한통속이냐, 나한테 다 죽었다며 협박. 장염 환자를 도립병원 응급실로 보내야지 왜 연명 치료를 받는 중환자실로 보내 병을 키우게 했냐며 간호사에게 이유를 밝히라고 소리침.

간호사가 머뭇거리며 과장님께 물어보라고 하니 따님이 간호사 이름을 적겠다고 메모지를 요구. 병명도 모르는 허수아비들이라며 고발하겠다고 협박함. 내가 그렇게 먹어야 뇌가 돌아간다고 했는데 과학도 모르는 머저리들이라고 재차 소리치며 간호사 주변을 빙빙 돌아다님. 5분 뒤, 따님이 사망환자 뒷정리하는 남자 간호사 등을 세게 치고 나감.

00:20. 병원 입구에 경찰 두 명이 와서 보호자 대면 기록. 경찰관이 중환자실 들어와 사망환자 확인하고 질문. 경구 투약

및 금식 경위를 자세히 설명하고 입원 후 상황과 보호자 심폐소생술 안 했다는 동의 등 설명. 보호자 침착한 태도 보임.

01:20. 시내의료원 장례식장 직원이 사망환자 이송해 감.

간호기록지에는 간호사들이 한 일과 환자 상태가 기록되어 있었다. 당시 환자의 표정과 움직임. 구겨진 옷과 침대 위의 작은 부스러기로 인한 불편. 불안 상태. 마른 입술. 눈빛. 수면에서 깨어났을 때 짜증과 불만은 제거되었다. 죽음을 앞두고 유일하게 마주한 간병인의 섬세한 눈길과 위로는 보이지 않았다. 강제 죽음 앞에서 환자들이 사투를 다해 내뱉은 '죽어가고 있다'는 말만 메아리처럼 울렸다. 내가 돌보는 환자가 청색증이 이끼처럼 몸을 덮을 때 우리가 할 수 있는 일은 무엇일까. 나라면 어떻게 했을까. 나는 이부자리에 누워 이리저리 뒤척였다. 부영 언니의 가늘게 코고는 소리를 듣고도 두 시간이 지난 새벽녘에야 잠이 들었다.

배낭과 바람막이 점퍼를 가지러 마당으로 들어서자 최덕순 씨가 수돗가에서 빨래를 하고 있다. 빨간 고무 다라이에 가루비누를 풀고 바지를 걷어 올리고 통에 들어가 빨래를 밟는다. 나는 덕순 씨를 지나 방으로 들어갔다. 복도식 긴 방에는 사우나 옷장 같은 라커룸이 늘어서 있었다. 첫 번째 옷장을 열자 꽁꽁 싸놓은 보자기들이 쏟아질 것 같았다. 세 번째, 네 번째, 다섯 번째 칸에도 보따리가 가득 차 있다. 마지막 옷장을 열자 이불 옆에 내 배낭과 바람막이 잠바가 보였다. 잠바를 입고 배낭을 메고 나오자 반딧불이가 무리 지어 마당을 수놓았다. 반딧불이를 잡으려고 손을 내밀다가 깨어났다.

집안이 대형 거울에 반사된 듯 눈이 부셨다.

떠들썩한 소음에 방을 나갔다. 현관문을 열다가 아연해졌다. 어젯밤 꿈에 본 옷들이 나무에 내려앉아 있었다. 매화나무, 돌배나무, 소나무에 걸린 옷가지들이 바람에 너울거렸다. 고구마밭을 덮었던 넝쿨은 모두 걷혀 리어카에 수북하고, 마당에는 고무 다라이와 플라스틱 대야가 나뒹군다. 가을볕이 쨍쨍한 오전 열 시.

눈부신 햇살 속으로 리어카 바퀴가 빼깍거리며 마당을 나간다. 키다리 조카가 앞에서 리어카를 끌고 작은 조카가 뒤에서 밀고 간다. 나는 마당으로 나간다.

최덕순 씨의 스카프는 매화나무 가지에, 속바지는 돌배나무에, 소나무에는 원피스와 한복이 보자기처럼 펼쳐져 있었다.

이게 다 뭐야?

부영 언니가 손차양을 만들며 하늘을 올려다보았다.

어, 맘껏 골라 입고 자유롭게 다니라고. 엄마가 어떤 옷을 좋아했는지 몰라서…. 저 태양 좀 봐. 놀랍지 않아. 오늘도 지구는 돌고 있어. 서울에 뜨는 태양이 여기에도 있고 여기서 본달이 뉴욕에서도 유럽에서도 똑같이 보잖아. 자연이 얼마나위대해.

나는 꿈에서 반딧불이를 봤다고, 엄마가 좋은 곳으로 갔을거라며 물었다.

절에 가져갈 옷은 다 쌌어?

그냥 이불하고 베개랑 승복하고 버버리 스웨터와 아버지와오빠 만날 때 입으라고 투피스 한 벌과 속옷 챙겼어. 이렇게보니 내가 월급 타서 산 옷이 대부분인데 그냥 두고 입어도 되지 않을까. 엄마는 남대문에서 사라고 했는데 마감에 쫓기느라 시간이 없어 가까운 백화점에서 정신없이 산 것들이야. 이모가 준 옷도 있어. 내가 고등학교 때 엄마와 아버지가 일본말로 싸우면 엄마는 한껏 차려입고 우릴 데리고 읍내 이모 집에갔어. 지금 생각하니까 엄마는 새처럼 훨훨 날고 싶었을 거야. 큰이모와 이모부는 잉꼬부부였는데 아버지와 엄마는 상사화같았거든. 엄마 돌아가시던 날 상사화 잎이 태풍에 꺾여 가슴이 아팠는데 여기, 상사화가 폈어.

부영 언니가 꽃밭으로 성큼 들어간다. 뒤따라 자연석을 넘어가자 노란 상사화가 일제히 눈이 부시도록 올라왔다. 꼿꼿한 녹색 줄기 끝에 꽃을 매달고. 잎을 버린 상사화는 지난밤 복잡한 감정을 날려버릴 정도로 경이로웠다. 어느새 바람에 날아든 개망초와 냉이꽃이 사라지고 봄 딸기가 말라비틀어졌다. 배꽃, 감꽃이 떨어지고 대봉감이 익어가는 초가을. 보랏빛 고구마순은 갈색으로 변했다.

누나, 절에 안 가?

남동생이 묻는다. 부영 언니는 대답이 없다. 남은 식구들이 우두커니 서서 가을바람에 흔들리는 옷가지를 바라본다. 최덕순 씨 온기가 남아 있을 것 같은 수십 벌의 옷들이 팔랑거린다. 까다로운 덕순 씨가 이승의 옷을 고르고 있는 것 같다.

엄마, 그곳에 도착했나요. 아버지와 오빠는 만났어요?

부영 언니가 바람에 너울거리는 옷가지를 보며 묻는다.

바람결에 덕순 씨 목소리가 귓전을 울렸다. 나는 죽었다. 나는 살아 있다!

나는 호미를 들고 앉은걸음으로 풀과 씨름한 덕순 씨 정원을 둘러본다.

미끈한 줄기를 꼿꼿이 세운 노란 상사화 옆에 억센 머위 두 포기. 여름꽃들이 지고 쥐똥나무 잎에 걸린 거미줄이 바람에 흔들리다 멈춘다. 은빛 거미줄은 텅 비었고 거미는 보이지 않는다. 초가을 볕이 무심히 옷가지에 내려앉는다.

4

독자

*

　중고서점 진열대 앞에서 책장을 넘기던 그녀의 눈이 순간, 정지하였다.

　'사람 머리통만 한 참나리가 피는 늪 같은 골짜기에는 형광 초록의 통나무가 익사체처럼 짙은 늪지에 누워 빛난다…'

　'사람 머리통만 한 참나리'와 '익사체처럼 짙은 늪지'란 비유법은 새로 산 장갑처럼 꼭 맞았다. 비 온 뒤 개울가. 촘촘한 나뭇잎 사이로 햇살이 스며들면 형광 초록빛은 나무 양산 속에 갇혔다.

　등하굣길 양지바른 산비탈에는 유난히 참나리가 많았다. 덜 여문 싸릿대처럼 꼿꼿한 줄기 끝에 달린 황적색 꽃잎에는 흑자색 반점이 퍼져 있고, 되바라진 꽃잎 밖으로 요염하게 뻗은 긴 수술대 끝에는 벌레 같은 꽃밥이 달랑거렸다. '머리통만 한'이라는 다소 과장된 문장은 카프카의 〈변신〉 첫 문장처럼 그녀를 설레게 했다. 이런 문장은 자연 속에서 성장하거나 자세히 관찰하지 않으면 표현이 쉽지 않았다.

그녀는 책을 덮고 다시 표지를 살폈다. 『다른 목소리, 다른 방』이란 제목 아래 트루먼 카포티 사진이 실려 있었다. 이십 대 청년의 흑백 사진이다. 한 손으로 머리를 짚고 문에 기대 선 당돌한 눈빛이 더없이 투명해 보였다. 흰 남방에 순모 조끼 차림의 상실감이 묻어나는 얼굴. 그녀는 어릴 적 잠에서 깨어나 죽은 참새를 봤을 때처럼 가슴이 아려왔다. 밤에 참새가 지붕 아래 구멍 속으로 날아들길 기다려 방에 가뒀던 그날 새벽. 참새는 햇고사리처럼 발을 오그리고 죽어 있었다. 죄책감으로 뒤척이다 깨어난 아침, 그녀는 빨간 털장갑 속에 새를 넣어 꽃밭에 묻어주었다. 카포티 소설은 익사한 시체가 물 위로 떠오른 것처럼 존재감에 대한 허무가 밀려왔다.

스물네 살의 카포티는 이십 대의 그녀처럼 삐쩍 말라 군살이라곤 없었다. 다크서클이 짙은 트루먼 카포티는 카프카의 강한 인상과 달리 식물적이었다. 살구색 표지가 창백한 청년에게 온기를 불어넣고 있었다.

독자는 엄지와 검지로 하드커버 표지의 질감을 느끼며 안쪽 날개에 소개된 작가 이력을 읽어 내려갔다. 1924~1984. 삶의 공허와 고독을 떨치지 못한 트루먼 카포티란 문장 아래 작가의 삶과 발표한 소설집과 인기도. 로스앤젤레스에서 알코올과 약물 중독으로 생을 마감했다고 기록되어 있었다.

그녀는 트루먼 카포티의 일생을 왜 이제야 눈여겨보게 되었는지, 무엇이 자신을 카포티로 이끌었는지 갑자기 궁금해졌다. 어쩌면 카프카의 소설 『변신』 때문인지 모른다. '한 남자가 어느 날 불안한 잠에서 깨어났을 때 흉측한 해충으로 변해 있음을 발견했다.' 이 첫 문장에 충격받은 그녀는 한동안 『아메리카』 『굴』 『소송』을 연달아 읽고 카프카 단편집과 밀레나와 아버지께 드리는 편지를 찾아 읽었다. 그리고 카프카의 상반신 흑백 사진을 코팅해 책꽂이에 세워놓기에 이르렀다. 창을 넘어온 바람에 카프카 사진이 휘리릭 방바닥으로 떨어질 때 그녀는 불길함을 느꼈다. 그 예감은 T로부터 왔다.

나, 시월에 결혼해.

그게 무슨 말이야?

그녀는 T가 자신을 떠본다고 생각했다. 석 달 전, T는 만취 상태로 화장실을 다녀와 결혼하자고 말했다. 그녀는 그의 청혼 방식에 놀라 아무 말도 하지 않았다.

맞선 본 여자랑 비슬산 갔는데 잘 따라서 결혼하려고.

잘 따라서 결혼한다고? 처음 본 여자와?

처음 본 건 아니고 두 번째야. 넌 나보다 책을 더 좋아하잖

아. 상대가 남자라면 결투라도 하지. 어떻게 책을 이기겠어. 라는 말을 남긴 채 T는 떠났다. 오 년 동안 사귄 T와 헤어진 뒤 그녀는 읽기 범위를 '사랑'으로 변경했다. 『사랑의 역사』 『사랑의 발견』 『우리는 사랑일까』 등. 사랑 관련 도서를 읽었지만 사랑은 혼란스럽기만 했다. 서로 다른 길을 걸어온 두 사람의 사랑은 확신과 의심 사이를 오가던 중 틀어져 버렸다. T가 떠난 뒤 독자는 다시 서점을 순례하기 시작했다. 그때 신림 알라딘 서점에서 그녀는 우연히 카포티의 『티파니에서 아침을』 발견했다.

'참나리'로 시작되는 카포티의 장편소설을 들고 그녀는 계산대로 다가갔다.

굿즈 매대를 지나 지하 중고서점을 나오자 희뿌연 회색 구름 사이로 햇무리가 번지고 있었다. 일 년이 지나도록 코로나19 바이러스가 전 세계를 강타하면서 거리에는 민트색과 블랙 배달통을 실은 라이더들이 신호등을 무시한 채 경주마처럼 내달렸다. 부딪칠 듯 지나가는 오토바이에 놀란 그녀는 횡단보도에서 서너 발짝 물러나 신호등이 바뀌길 기다렸다.

도로 건너편에 들어선 무인 복사 프린트 간판이 눈에 들어왔다. 이젠 프린트도 무인 시대네. 그녀는 중얼거리며 신호등이 녹색으로 바뀌자 횡단보도를 건너갔다. 코로나 확진자가 좀체 줄지 않는 비대면의 세상. 무인마켓, 무인카페, 무인계산대, 무인발급기가 점점 대도시를 장악하며 영역을 넓혀가고 있었다.

그녀는 걸음을 멈추고 무인 복사점을 들여다보았다. 세 평 남짓한 공간에 두 대의 복합기가 놓였을 뿐 형광등을 환하게 켜놓은 실내는 텅 비어 있었다. 그때 시큼한 냄새가 코를 자극했다. 그녀는 고개를 돌렸다. 먹자골목 입구에 들어선 무인 복사점 앞, 플라타너스 가로수에 기대선 음식물쓰레기 봉지에서 새어 나온 국물이 보도블록으로 흘러가고 있었다. 그녀는 줄넘기하듯 국물 자국을 폴짝 타넘었다. 비대면이 이어지면서 도시는 쓰레기가 점점 쌓여가고 있었다.

뼈다귀해장국 가게 앞에도 대형 음식물쓰레기 봉지가 빵빵하게 부풀어 있었다. 때로 길고양이가 물어뜯은 봉지 밖으로 삐져나온 돼지 등뼈가 인도에 나뒹굴었다.

연립주택 오층 계단을 올라간 그녀는 벽전등 스위치를 옆으로 밀었다. 비좁은 방에는 네 개의 책장에 꽂고 남은 책들이 천정으로 층층이 쌓여가고 있었다. 십 년 동안 스물세 가구의 세입자들이 수없이 들고 났지만, 그녀는 책에 갇혀 이 건물에서 이사할 엄두를 내지 못했다.

그녀는 에코백에서 살구색 책을 꺼내 책상 위에 놓고, 책장에서 『티파니에서 아침을』 빼냈다. 순간 『인 콜드 블러드』
를 포크너 『음향과 분노』처럼 읽지도 않고 중고서점에 팔아
버린 게 기억났다. 그간 아이들 논술 교재로 사들인 명작과 참
고 도서로 책장이 수시로 바뀌면서 읽지도 않은 소설책을 아
웃시킨 게 후회스러웠다.

　그녀는 이내 마음을 안정시키고 책상에 앉아 『다른 목소리,
다른 방』을 한 장씩 넘겼다. 도시를 가로지르는 앰뷸런스 소
리가 간혹 집중력을 깨트렸다. 햇살이 방 구석구석으로 침투
했다가 빠져나갔다.

　그녀는 어깨 통증을 느끼고 고개를 들었다. 벽에 오려 붙인
일간지 전면광고가 눈에 들어왔다. 지구 온난화 위기 홍보용
광고다. 드넓게 펼쳐진 푸른 하늘. '적도 위의 빙하, 킬리만자
로' 제목 아래 순백의 빙하가 백 년 동안 85퍼센트가 녹았으며
현재 상태로 계속 진행된다면 20년 안에 빙하가 완전히 사라
질 것이라고 적혀 있었다. 그녀는 자신을 업그레이드하고 생
각을 확산하는 방법으로 자료를 스크랩하거나 벽에 붙여 놓고
매일 지나치면서 이미지를 확인하고 각인시켰다.

　여행지에서 사 온 기념품과 전 세계 작가들이 남긴 책들로
빼곡한 책꽂이에는 현대 작가의 신간과 오래전에 사망한 작가
들의 책이 표지를 맞대고 있었다. 책꽂이 앞쪽에 놓인 기념품

은 아날로그 시대의 향수를 자극했다. 앙코르와트 라테라이트 적색토 부처상 석판. 책 읽는 여인 석고상과 부엉이 연필꽂이. 책장 한 칸에 진열된 세계 각국의 스노볼은 늘 어딘가로 떠나고 싶은 유혹을 불러일으켰다. 국제 통역사로 활동하는 사촌 동생이 국제회의에 참석하고 귀국할 때 한 개씩 사다 준 스노볼이다.

그녀는 세계지도가 걸린 책상 앞에서 일어나 습관처럼 뉴욕 자유의 여신상 스노볼을 천천히 흔들었다. 눈이 내리는 스노볼에는 도시의 랜드마크와 스카이라인 그리고 아름답고도 슬픈 역사와 숨겨진 스토리를 간직하고 있다. 그 옆으로 필리핀 민다나오섬. 시드니 오페라하우스, 파리의 에펠탑이 도열해 있었다. 스노볼 옆으로 세계명작 시리즈가 꽂혀 있었다. 한때 그녀는 학생들과 헤세와 헤밍웨이 소설로 수업을 했다. 학생들은 물고기를 잡겠다고 망망대해 땡볕으로 나간 주인공 산티아고를 또라이라고도 했다. 그냥 고기 한 마리 사 먹으면 되지 쓸데없는 고생을 왜 하냐고 투덜거렸다. 먼 바다로 나가 이틀 밤낮 정신적 사투를 벌인 주인공의 소설적 미학을 학습하면서 살아온 시간이 흥미롭기까지 했다.

그녀는 청량리역에서 기차로 두 시간 걸리는 시골에서 유년 기를 보냈다. 숲이 우거져 여름이면 밤늦도록 매미가 시원스럽게 울어 젖혔다. 그러나 논술학원에 취업하고 연립주택으로 이사하면서 매미 소리를 들을 수 없었다. 아스팔트와 콘크리트 건물들로 빼곡한 도심은 교외 지역과 6도 이상 온도 차이가 났다. 그녀는 학생들에게 공간의 중요성을 말하다가 쉰 살이 되면 자신이 태어난 녹지대로 돌아갈 거라고 말했다. 그럼 쌤 진짜 집에서 미리 파자마 파티해요. 아이들이 졸랐다. 그녀는 학부모 동의를 얻어 일박이일 일정표를 짰다. 그러나 코로나바이러스가 도시를 점령하면서 수업이 전면 중단되었다.

그녀는 열여덟 평 원룸에 갇혀 매일 책을 읽거나 책 사냥에 나섰다. 우연히 읽은 하루키 수필집에서 '커트 보네거트의 『챔피온들의 아침식사』는 단숨에 나를 사로잡았다.'라는 문장에 이끌려 인터넷으로 책을 주문했다. 그러나 절판된 소설이 우주점에서 세 배 가격에 거래되자 구매를 포기하고 『고양이 요람』과 『갈라파고스』를 읽는 것으로 갈증을 달랬다.

그녀는 『인 콜드 블러드』는 영화를 본 뒤 충동적으로 구매했다는 사실을 깨달았다. 『차가운 벽』과 『티파니의 아침을』은 소설가의 추천으로 산 책이었다.

그녀는 읽던 책을 내려놓고, 책장에서 『차가운 벽』을 빼냈다. 소년 조엘 녹스가 뉴올리언스에서 눈시티로 아버지를 찾아가는 길에 만난 인물들과 익숙한 풍경이 펼쳐졌다. 낯선 들판과 나지막한 집들, 풀, 햇빛. 꽃들의 향기가 코끝을 지나가는 걸 느꼈다. 절반쯤 읽고 책갈피에 가름끈을 끼우던 그녀는 카포티가 낯설었다.

이게 카포티 목소리였어? 왜 다른 방과는 다르게 느껴지지.

때때로 독서는 비밀스러운 샛길로 그녀를 안내하고 또 다른 책으로 이끌었다.

그녀는 스마트폰의 우주중고서점 앱 검색창으로 들어가 '트루먼 카포티' 키워드를 입력했다. 잠실점에 『풀잎 하프』가 떴다. 처음 본 제목이었지만 동일 작가의 소설이 한 권 비치되어 있었다. 스마트폰 액정화면을 눌러 디지털시계를 확인했다. 책을 사러 가기엔 늦은 시간이었다. 내일 일찍 가면 살 수 있겠지. 그녀는 기대감에 들떠 푹신한 매트리스 위에 누웠다. 한 달 전쯤 이수역점에 갔다가 안절부절못했던 일이 떠올랐다. 『민들레 와인』을 읽고, 레이 브래드버리 창작비법이 담긴 책을 사려고 지하철을 탔다. 지하 중고 서점 직원은 한 시간 전에 책이 팔렸다고 말했다. 결국 그녀는 교보문고 온라인 서점에서 새 책을 주문했다. 한 권을 주문해도 책은 택배비 없이 당일에 배송되었다. 종이책의 종말을 예고하며 전자책이 늘어나고 있었지만, 그녀는 책장을 넘길 때 손끝에 닿는 바스락거림이 좋았다. 어릴 적 숲에서 단풍잎을 주워 책갈피에 끼울 때 걸었던 길과 스쳐간 사람들, 까맣게 잊고 있던 추억이 떠오르듯이. 이십 대 중반, 버지니아 울프의 『자기만의 방』을 읽고, 여성이 글을 쓰기 위해서는 얼마간의 돈과 자기 방이 있어야 한다는 강력한 문장에 매혹된 뒤 그녀는 서점과 도서관을 드나들기 시작했다.

책은 점점 비좁은 방을 점령해 갔지만 독자는 책 사냥을 멈출 수가 없었다. 절판된 책은 우주중고서점 앱으로 들어가 전국 책방을 검색해 절반 가격에 구입했다. 서울책보고에서 사다리를 타고 올라가 찾아낸 『화성으로 날아간 작가』. 팔월 한증막 더위에 한 시간 반 동안 지하철을 타고 안산까지 책을 사러 가기도 했다. 세 시간 만에, 손에 넣은 『카프카와 인형의 여행』. 귀향길에 무거운 여행 가방을 끌고 동대구역점에서 산 『울프의 일기』…. 이렇게 독자는 고독하게 책 속에 기대어 위대한 작가들의 책을 읽으며 자신만의 특별한 시간을 재창조해 나갔다.

이미 잠은 멀리 달아나버렸다. 그녀는 다시 일어나 새벽 세 시까지 『다른 목소리, 다른 방』을 읽고 잠이 들었다.

잠에서 깨자 모래알이 들어간 듯 눈이 뻑뻑했다. 그녀는 두 손을 비벼 따뜻해진 손바닥을 눈꺼풀에 대고 지그시 눌렀다. 순간 풀잎이 눈앞을 스쳐갔다.

그녀는 머리맡에 둔 스마트폰 액정화면을 확인했다. 09:35.

스마트폰 중고서점 앱으로 들어가 지난밤 확인한 『풀잎 하프』 위치를 다시 확인했다. 우주점 잠실롯데월드타워 A1(2). 코너에 책이 한 부 판매 중이었다.

그녀는 냉장고에서 우유를 꺼내 레인지에 데워 마시고 롱패딩을 입고 집을 나갔다. 거리에는 부리망 같은 마스크로 입을 가린 사람들이 종종걸음치고 있었다. 그녀는 신림역 지하로 들어가 2호선을 탔다. 요란하게 재채기를 하는 청년을 피해 다른 칸으로 이동했다. 출입문 앞에 서서 중고서점 앱을 검색했다. 판매 중이라고 떴다. 두 달 전 『여성이 글을 쓴다는 것은』을 구입한 잠실새내점과 한 코스 거리였다.

개찰구에서 지하도로 연결된 통로로 들어서자 들큰한 어묵 냄새가 풍겨왔다. 오른쪽 벽면 가판대에서 청년 두 명이 마스크를 턱밑으로 내리고 어묵을 먹는다. 독자는 간발의 차이로 코앞에서 책을 놓친 일이 떠올라 서둘러 그곳을 지나쳤다.

엘이디 전등으로 환한 중고서점으로 들어갔다. 굿즈 매대와 계산대를 지나 곧장 검색대로 가서 『풀잎 하프』를 쳤다. 위치 출력지를 들고 계산대 뒤쪽으로 갔다.

A1(2) 진열장 첫 칸부터 다섯 번째 맨 아래 책꽂이까지 뒤

졌지만, 책은 보이지 않았다. 그녀는 이수역점에서 헛걸음쳤을 때처럼 불길한 예감에 사로잡혔다.

이 책이 안 보이네요?

그녀가 내민 위치 출력지를 받아든 여직원이 컴퓨터 자판을 두드리며 말했다.

주변은 찾아보셨어요? 간혹 손님들이 다른 위치에 꽂아두거든요.

그녀는 세 번이나 확인했다고 말했다.

성함과 메일주소 불러주세요.

메일은 왜요?

실종 도서로 처리하면 이십일 내로 연락이 갑니다. 책을 찾게 되면 택배로 무료 발송해 드리고 한 달 내로 연락이 가지 않으면 분실 도서로 처리됩니다.

여직원이 모니터를 보며 단답형으로 대답했다.

그냥 다시 찾아볼게요.

그녀는 계산대를 돌아가 다시 책장을 살폈다. 찾는 책은 보이지 않았다. 그녀는 진열장을 돌아나가 안쪽으로 들어가며 스마트폰에서 관악구 통합도서관 앱을 클릭해 통합검색에 풀잎 하프를 쳤다. 풀잎 하프는 대출이 가능했지만, 코로나19 팬데믹으로 도서관은 오 개월째 휴관 중이었다.

사랑해. 언제까지나 너를 사랑해. 엄마가 말했어요….

여자의 목소리가 들려왔다. 핑크색 탁자 앞이었다. 파마머리 여자가 어린이용 의자에 앉아 있었다. 분홍색 천마스크를 달싹거리며 책을 읽는 여자 옆에 남자아이가 나란히 앉아 귀를 쫑긋거렸다.

그녀는 발소리를 죽이며 맞은편 대각선에 앉은 남자의 등 뒤로 다가갔다. 감색 아웃도어 재킷에 검은 바지 차림이었고 의자 옆에는 청색 등산 가방이 놓여 있었다. 하얀 마스크 줄에 귀가 세모꼴로 접혀 있었지만 남자는 어린이용 의자에 구부정하게 앉아 책장을 넘기고 있었다. 손바닥에 받쳐든 녹색 표지가 살짝 드러났다.

'풀잎 하프? 카포티를 좋아하는 걸까?'

그녀는 남자 뒤로 다가섰다. 소년이 그녀를 올려다보았다. 그녀는 마스크 위에 손가락을 일자로 세웠다. 분홍 마스크가 고개를 들자 그녀는 손을 내리고 남자를 살폈다. 녹색 표지. 자신이 찾던 책이 분명했다.

'책을 사겠다고 양해를 구해야지.'

그녀는 심호흡하며 침을 꼴깍 삼켰다. 순간 풀잎 하프가 마술처럼 남자의 가방 속으로 사라졌다. 그녀는 반사적으로 천장을 올려다보았다. 감시카메라는 엘이디 전등으로 환한 회백색 천장에 갈탄처럼 붙어 있었다. 여직원이 모니터 화면을 보다가 남자를 적발할지도 모른다. 그녀는 자신이 책을 훔친 듯 긴장했다. 저도 모르게 남자 옆으로 바짝 붙어 섰다.

그 책 결제하신 건가요?

남자가 태연하게 가방을 멨다.

거기, 방금 가방에 넣은 거요.

그녀의 목소리가 높아지자 분홍 마스크와 소년이 동시에 고개를 들었다.

우선 나가서 얘기합시다.

대차를 밀고 다가서는 직원을 비켜서며 남자가 말했다.

그녀는 출입문으로 나갈 때 삐익 경고음이 울릴까봐 가슴이 조마조마했다. 직원에게 알려야 하지 않을까. 전전긍긍할 때 남자가 빠르게 출입문을 나갔다. 검색대 경고음은 울리지 않았지만 그녀는 양손에 땀이 배어났다.

남자의 발소리가 유난히 크게 들렸다. 휑한 지하도를 앞서 가는 방수 등산화가 둔탁해 보였다. 등산을 다녀오는 길일까? 짧은 머리. 군인이라기엔 나이가 들어 보였다. 두 살 터울인 오빠가 최전방에서 육군으로 복무할 때 그녀는 얼굴도 모르는 군인들에게 수십 통의 편지를 받았다. 휴가 나온 오빠가 공원 벤치에 나란히 앉아 찍은 사진을 갖고 간 뒤였다. 당시 새내기

대학생이었던 독자는 오빠의 부탁으로 군인들과 편지를 주고받았을 때처럼 묘한 기시감을 느꼈다.

오해한 모양인데 풀잎 하프는 잠깐 빌린 겁니다. 오뎅 먹을래요? 뜨끈한 국물 생각나지 않아요?

남자가 가던 걸음을 멈추고 어묵 가게 앞에서 태평스럽게 말했다.

오뎅은 됐고, 중고서점에서 책을 빌리다니 말이나 돼요?

어차피 책도 돌고 도는 겁니다. 읽고 제자리에 갖다 두면 됩니다.

자기 합리화 아닌가요. 어쨌든 저도 필요하니까 빌려주세요. 복사하고 줄게요.

독자는 무인복사점이 생각나 단도직입적으로 말했다.

이걸 무단 복사하시게? 그거 저작권 침해 아닌가.

남자가 어이없다는 듯 그녀를 빤히 쳐다보았다. 짧은 단발에 검정 뿔테 안경을 쓴 그녀는 첫인상이 고집불통 같았다.

그쪽이 훔치는 바람에 이렇게 된 거잖아요.

그럼 도로 갖다 놓을까요?

그녀는 대답하지 않았다. 풀잎 하프를 갖고 싶은 마음이 어쩌면 남자와 같다는 생각이 들었다.

하나 물어보죠. 그쪽은 책을 훔친 적이 없어요? 한 번도.

훅 치고 들어오는 질문에 독자는 흠칫했다. 후배의 집을 방문했다가 문고본 『카프카와의 대화』를 발견하고 저도 모르게 코트 주머니에 넣었던 적이 있었다. 카프카에게 사로잡혀 있을 때 계시처럼 눈앞에 나타난 책이었다.

없다면 거짓말이라고 하겠죠.

이거 안 되겠네. 어디 가서 얘기 좀 합시다.

무슨 얘기요?

동일한 시간에 같은 책을 찾다가 만난 것도 인연인데. 취향도 비슷한 것 같고….

그녀는 그를 따라 서점을 나온 건 단지 카포티 소설 때문임을 상기시켰다.

아까 복사한다고 하지 않았어요. 그럼, 거기까지 같이 갑시다.

남자가 말했다. 독자는 스크린도어 앞으로 붙어 섰다.

스크린도어가 열리며 사람들이 후끈한 열기를 동반하고 쏟아져 나왔다. 그녀는 옆으로 비켜섰다가 2호선을 탔다. 남자가 뒤따라 탔다. 그녀가 임산부석 옆자리에 앉자 그가 왼쪽 스테인리스 의자에 앉았다.

칸마다 문을 열어젖힌 지하철이 금속 뱀처럼 동체를 구부리며 컴컴한 터널을 빠져나갔다. 셀로판지 같은 유리창에 전등이 야광봉처럼 떠 있었다.

그녀는 나란히 앉은 남자의 다리가 정강이에 닿자 살며시 다리를 오므렸다. 마스크를 쓴 사람들이 거리두기를 하고 앉아 스마트폰을 보거나 이어폰을 낀 채 눈을 감고 있었다. 이제 지하철에서 신문을 보거나 책을 읽는 사람은 거의 찾아볼 수 없었다. 남자는 의자에 앉자 가방을 안고 스마트폰을 꺼내 화면을 터치했다.

독자는 남자의 핸드폰을 내려다보았다. '지평선'이란 카톡 프로필 아래 사진이 떠 있었다. 태양이 쨍쨍한 하늘, 푸른 바다, 해변이 시원스레 펼쳐져 있었다. 얼마나 이 도시에 갇혀 지냈던가. 그녀는 생각했다.

신림역이란 안내방송이 나오자 그녀는 의자에서 일어섰다. 그가 따라 일어섰다.

트루먼 카포티를 좋아하세요?

그녀가 개찰구에 티머니 카드를 찍고 나가자 남자가 따라붙으며 물었다.

연민이 많은 작가죠. 불안한 할리 곁에 조엘이란 수호신을 배치한 것만 봐도.

다른 목소리와 다른 방에도 천애 고아 조엘이 나와요. 뉴올리언스에서 눈시티로 아버지를 찾아가는 소설인데 감각적이죠. 자신을 아껴주던 피버가 죽고 아버지 사랑도 받지 못한 조엘이 숲속 호텔에 이끌리죠. 크리스마스 추억이나 어떤 크리스마스에도 그렇지만 카포티는 고독을 그리죠.

그는 독심술을 쓰듯 그녀의 속마음을 알았다. 그녀는 심장 소리가 남자에게 전달될까 봐 떨어져 걸었다.

지하도를 빠져나가자 구름을 벗어난 겨울 햇살이 흐린 하늘에 신비감을 더했다. 스시점 간판에서 뻗어 나온 스테인리스 막대에 매달린 초시계가 룰렛처럼 정신없이 돌아갔다. 123456… 공상과학 영화의 한 장면처럼 초 단위로 시간이 이동했다. 숫자들이 바뀌는 위쪽에는 나침판 모형 시계가 11:47를 가리킨다.

왜 다들 빨간 모자를 쓸까요? 산타도, 호밀밭의 파수꾼 홀든도 그렇고.

남자가 알라딘 서점 앞에서 걸음을 멈추며 물었다.

오늘 입고된 책 1,129권 숫자가 내걸린 지하 계단 벽면. 박완서 소설가의 흑백 사진 위에 앙증맞은 산타클로스 모자가 얹혀 있었다. 크리스마스가 한 달이나 지났지만 빨간 산타 모자를 쓴 예술가들이 손님을 맞이하고 있었다.

글쎄요. 희망? 산타조차 오지 않으면 삭막할 테니까.

그냥 광고 효과죠. 저 숫자를 보세요. 집 밖으로 밀려난 책이 정육점 고기처럼 근수로 팔려나가고 있어요. 인공지능이 알아서 데이터와 통계를 산출하지만, 종이책은 전자책에 밀려나지 않을 겁니다.

하긴 독자들이 몇 년간 무슨 책을 구매하고 얼마를 결재하고 사고팔았는지 알라딘에서 통계를 내서 보낸 '당신의 기록 영수증'을 보고 저도 놀랐어요. 제가 십 년 동안 1,154권을 읽었고 총 결제 금액은 5,306,500원. 판매한 책 1,098,500원이란 전자영수증을 받고 처음 알았어요. 나도 모르게 나의 독서가 기록되고 있다니. 책을 출간한다면 또 다른 기록들이 더해지겠지만 너무 많은 책이 쏟아져 나와서 굳이 내고 싶지는 않아요. 자원이 너무 낭비되는 것 같아요.

이 광활한 우주에서 자신의 흔적을 남기고 싶은 거죠, 다들.

녹색 신호등이 바뀌자 그녀는 앞서 횡단보도를 건넜다.

그녀가 무인 복사프린트 가게 문을 열고 안으로 들어가자 그가 뒤따라 들어왔다. 깔끔한 실내에는 스마트Q 두 대가 비치되어 있었지만 USB로만 출력이 가능했다.

건물 뒤로 가면 주상복합 상가에 복사점이 있어요.

그녀는 그를 안내했다. 그러나 복사점도 식당도 문이 닫혀 있었다.

그들은 하트 조형물을 지나 복개천 아래로 내려갔다. 시도

때도 없이 출몰하던 비둘기도, 천변에 꼬챙이 같은 발을 물에 담그고 섰던 왜가리도, 오리도 보이지 않았다. 여름 내내 푸르던 물억새는 예초기로 다듬어 구둣솔처럼 밑동만 남아 있다.

졸졸졸 흐르는 복개천 돌 사이로 물줄기가 돌 등을 쓸며 흘러갔다. 여름내 벽을 달리던 담쟁이는 그대로 옹벽에 말라붙어 있었다.

편지가 오네요.

남자가 하늘을 올려다보며 말했다. 그녀는 고개를 들었다.

버드나무 씨앗 같은데.

그녀가 말했다. 고향집 주변에는 봄이면 버드나무 씨앗들이 바람을 타고 하얗게 날렸다. 그날처럼 씨앗 같은 눈송이가 바람을 따라 흩어졌다. 옅은 보라색 하늘에서 눈송이가 자욱하게 내려왔다.

하얀 징검다리를 건너는 남자의 등을 향해 그녀가 물었다.

눈송이가 편지라니. 혹시 시를 쓰세요?

남자가 징검다리에 서서 졸졸 흐르는 물결을 내려다보며 말했다.

그냥 그쪽처럼 독자라고 해두죠. 황동규의 즐거운 편지가 생각났을 뿐입니다. 편지도 저렇게 오는 게 아닐까요.

그녀는 한 권의 신간처럼 남자가 궁금해졌다. 복개천과 지상으로 연결된 사다리를 오르면 집이었다. 그녀는 집으로 가는 시간을 미루는 자신을 느꼈다. 앞서간 남자의 커다란 발자국 위에 발을 디디며 뒤따라갔다.

마지막 징검다리에서 남자가 걸음을 멈췄다. 등산복 차림의 남자를 배경으로 삽시간에 눈발이 병풍처럼 둘러쳤다. 복개천이 눈을 삼키며 아래로 흘러 내려갔다. 눈 녹은 물에서 맑은 냄새가 날까. 그녀는 징검다리 위에서 생각했다. 산책로는 이미 눈으로 하얗게 뒤덮여 있었다. 복개천 옹벽 위 도로에는 버스와 차량이 눈보라에 싸여 하나의 이미지 영상처럼 지나갔다.

폭설이 온다는 일기예보는 없었는데.

그녀의 말에 복개천 다리 밑으로 성큼 올라선 남자가 말했다.

기후변화 때문이죠. 일본은 쓰나미에 중국은 물난리가 나고 우리나라도 강력한 태풍이 자주 오고 있어요. 예전보다 연평균 기온이 1.6도나 올라 기후 조건이 나빠지고 점점 아열대기후로 가겠죠.

남자가 콘크리트 벤치 끝에 앉았다. 여자는 남자의 반대편 벤치 끝에 앉았다.

머지않아 인간은 레이 브래드버리가 화성 연대기에서 그렸듯이 붉은 행성에서 새 삶을 시작해야 할지도 몰라요.

그녀는 방에 붙여놓은 킬리만자로 사진을 떠올렸다.

일론 머스크가 우주개발에 돈을 쏟아붓고 있지만 이주는 쉽지 않을 겁니다. 제가 고등학생이었을 때 부동산이 돈이 되는 세상이었는데 지금도 부동산 열풍이잖아요. 아참, 이런 복개천 아래는 지도에도 안 뜬다는 거 아세요? 지난해 일본에서 온 친구와 차를 렌트해 전국을 여행했는데 자동차가 산중으로 들어가거나 다리 밑으로 접어들면 내비에도 안 잡히는데 구글지도로 검색했더니 위치가 뜨더군요. 더 아이러니한 건 도시 팽창으로 무분별하게 설계된 고가 철도와 지하 공간이 예전 움집 같은 문화공간으로 재탄생되고 있어요.

그가 소복소복 내리는 눈을 보며 말했다. 그녀는 호기심이 일었다.

카포티라면 이 풍경을 어떻게 그렸을까요?

바람을 그렸겠죠. 마지막 문을 닫아라에도 바람이 부는데 방황하던 월터가 그러잖아요. 경험이란 고립이 아니라 잊히지 않는 순간의 원이라고.

그녀는 마스크를 벗고 하아, 숨을 내쉬었다. 눈송이가 산책로와 앙상한 나뭇가지와 전선 위로 하얀 줄을 긋고 있었다. 이제 산책로는 완전히 눈에 덮였다. 남자가 마스크를 벗었다. 거뭇거뭇한 구레나룻에 야성미가 느껴졌다.

책을 많이 읽는가 봐요?

그녀가 물었다. 남자가 복개천을 보며 대답했다.

상실감을 최소화하는 데는 술보다 독서가 이롭다고 보는 편입니다. 사귀던 여자 친구 덕분에 책을 좋아하게 됐어요. 서로 과가 달랐지만 학교 도서관에 가야 만날 수 있었으니까. 제가 이병이었을 때까진 편지가 왔는데 어느 날부터 편지가 오지 않았습니다. 군사우편으로 편지를 부쳤는데 답장도 없고, 전화를 걸어도 받지 않아 탈영까지 고민했어요. 첫 휴가를 받고 찾아갔더니 그 친구가 베트남에서 지낸대요. 디자이너라 노트북 하나만 있으면 유목민처럼 떠돌아다니며 일을 했지요. 프리랜서라 외국에서 한 달씩 일하다가 귀국해서 자주 만나지는 못했지만, 그 친구가 떠나고 나서야 사랑했다는 걸 알았습니다.

부럽네요. 책을 이길 수 없다고 떠나는 사람도 있는데.

그건 본인 얘긴가요? 이것 참, 쓸데없는 말을 했네요. 전 곰입니다. 그쪽은?

구독자입니다.

독자요? 전지적 독자 시점의 그 독자? 닉네임인가요?

호적 이름입니다. 이름 때문에 전교생이 다 알 정도로 말도 많았지만요.

그래서 책과 관련된 업에 종사하는 건지도 모를 일이네요.

근데 곰은 별명인가요?

문을 거꾸로 읽으면 곰이라 기억하기 좋으라고 붙였어요. 문성준입니다. 아침부터 책을 사러 온 걸 보니 그쪽도 만만치 않은 책벌레군단 소속 같은데. 독자 씨 말대로 너도나도 책을 내고 있어요. 젊은 소호족들과 시간제 알바생. 저임금 프리랜서 노동자들과 성소수자들. 노인들과 학생들도 자기 얘기를 써서 출간하는 출판 천국 시대죠. 세계의 창이 된 인터넷과 손 안에 든 모바일과 노트북 하나만 있으면 어디서든 하고 싶은 일을 하면서 목소리를 낼 수 있죠. 얼굴을 몰라도 모바일로 에스엔에스에서 친구가 되고 국경을 넘나들며 공유하는 세상에 코로나19 팬데믹이 오지 않았다면 세상이 또 어떻게 달라졌을지… 다행히 느림을 추구하는 사람들이 늘어나면서 도시를 떠나는 사람들도 많아졌어요. 스스로 농사지은 텃밭에서 싱싱한 채소를 뜯어 먹으며 사는 게 행복이라는 걸 깨닫기 시작했달까. 도시의 피곤한 삶이 사람들을 바꾸었듯이 쓸모없지만 계속 읽다가 보면 결국 책은 사람을 변화시킨다고 봅니다. 인류 지식의 보고는 책에서부터 시작됐다는 건 너무나 뻔한 상식이라고들 하지만 그런 상식이 코로나가 오면서 소중해진 것 같아요.

그녀는 눈보라 속에서 나란히 앉은 남자가 오래전부터 알던 사람 같았다. 매일 하루하루 흘러가는 시간 속에서 2021년 1월 21일 화요일. 그녀는 폭설에 갇혀 인간에 대한 예의 같은 게 오랜만에 발동하는 느낌을 감지했다.

결국 복사는 물 건너간 것 같네요.

그가 눈을 들어 건너편 도로를 보며 전기수처럼 말을 풀어 놓았다.

인류가 존속되어온 건 책이 아니라 주술처럼 독자를 휘어잡는 문자의 힘이라고 지금도 생각합니다. 거기에 사랑이 개입되면 설득력이 강해진다는 걸 독서를 하면서 알게 됐어요. 여자 친구가 처음 권한 책이 호밀밭의 파수꾼이었는데 토론을 한다기에 정말 열심히 읽었어요. 샐린저를 읽고 나서 칼비노과 카포티를 알게 됐는데 차가운 벽을 읽고 완전히 빠져버렸어요. 카포티를 읽으면 더 사랑하는 사람이 지게 된다는 걸 배우죠. 입대를 앞두고 그 친구랑 첫 밤을 보내고 김밥을 먹으러 갔어요. 눈을 마주칠 수가 없어 단무지 당근 시금치 같은 김밥 알맹이를 헤아렸던 기억이 나네요.

첫날밤을 수줍게 고백하는 그가 빙하를 어슬렁거리는 한 마리 북극곰 같았다.

눈발은 더 촘촘해지고 무성해졌다. 다리 밑으로 들이친 눈에서 얼음 냄새가 났다.

그녀는 코끝이 빨개진 그를 가만히 바라보았다. 다크서클이라고 짐작했던 그의 눈 밑은 속눈썹 그늘이었다. 어딘가 그늘져 보였지만 자유로움이 느껴졌다. 내가 소년이었다면 저렇게 성장하지 않았을까. 그녀는 생각했다.

어릴 적 독자는 오빠처럼 언제든 자유롭게 친구들을 만나고 싶었다. 친구 집에서 잠을 자고 들어오거나 배낭을 메고 여행을 가고 싶었지만 언제나 제재가 뒤따랐다. 여자라는 이유로 엄마를 도와 밥을 짓고, 집을 청소하고, 옷을 빨고, 설거지를 해야 했다. 나무에 올라가는 것도, 멀리 여행을 가는 것도, 친구 집에 가서 하룻밤 자는 것도 절대 허용되지 않았다. 저녁 아홉 시면 집안은 불이 꺼졌다. 하얀 밤, 독자는 비로소 마루 밑에 넣어둔 운동화를 꺼내 신고 마당을 걸어 다녔다. 하얀 달밤, 나무들이 가지를 흔들 때 그녀는 용기를 내 나무 위로 올라갔고, 낮에도 짙푸른 나뭇잎 속에 숨어서 책을 읽었다. 그녀는 스스로 자유를 찾아 나섰다. 짙푸른 여름이 지나고 찬바람이 불면 구들장에 배를 붙이고 책을 읽었다. 그러다가 잠이 들었고 새벽, 아버지가 싸리비로 눈을 쓰는 소리에 깨어났다.

우산을 쓴 남녀가 눈발을 헤치며 다가왔다가 멀어져갔다. 그들은 남녀가 보이지 않을 때까지 같은 방향을 바라보았다. 하얀 도화지 속으로 자전거 한 대가 눈사람처럼 굴러왔다.

풀잎 하프에서 주인공이 하녀 돌리를 만나면서 그렇게 말해요. 좋아하는 사람의 목소리가 바람을 타고 돌아오기 때문에 우리가 기억한다고. 아, 카포티 미발표집 갖고 있는데 보셨어요? 등단 전 초기작인데.

카포티 미발표집도 있어요?

자전거에서 내린 눈사람 남자가 자전거를 들고 철재 계단을 올라갔다. 2차선 도로를 꽉 메운 차들이 미등을 켜고 엉금엉금 기어가고 있었다. 그 사이로 앰뷸런스가 비상 경고음을 울리며 지나갔다.

성준이 벤치에 내려놓은 배낭을 열고 책을 꺼내 독자 앞으로 내밀었다.

『내가 그대를 잊으면』

검은 표지에 웅크린 카포티의 두 눈이 맹금류처럼 매서웠다.

변명 같지만 실은 이 책을 팔고 풀잎 하프를 사려고 했는데 독자 씨한테 들켜버려 그냥 나올 수밖에 없었습니다.

그녀는 책을 받았다. 한 권의 책이 다시 손에 들어왔다.

그녀는 까만 표지를 한 장 넘겼다. 휘리릭 넘기던 책장에서 '교장'이란 단어를 발견하고 문장을 읽어 내려갔다.

'열여섯 살 소녀에게 요크 교장이 면담을 신청했다. 우수한 학생이구나. 미래 계획이 뭐니?'

십 대 초반 사춘기. 장단점이 혼재하는 나이. 아이들을 잡아주는 건 어른들이다. 그러나 어른들은 아주 단순하고도 사무적인 언어로 어린 싹을 짓밟았다. 열세 살. 감수성이 예민한 나이의 소녀에게 교장이 말했다. 이번 글짓기 대회는 종수가 우리 학교를 대표해 나갈 거다! 소녀는 더듬거렸다. 저. 도. 나. 가. 고. 싶어요. 소녀의 말에 교장이 잘랐다. 넌 내성적이라 안 돼! 우리 학교의 명예가 달렸다. 내성적인 성격과 글짓기 대회가 무슨 상관이냐고 소녀가 물었지만, 교장은 돌아섰다. 폭설이 악몽을 깨웠다. 교장이 안 된다는데 어쩌겠냐. 엄마가 말했다. 기억을 몰고 오는 눈발 속에서 그녀는 감정선이 무너져 내렸다.

어릴 때 소설가가 꿈이었어요.

독자는 가슴에 오래 담아두었던 말을 밖으로 뱉었다.

소설가요?

성준이 눈을 크게 뜨고 독자를 쳐다보았다.

다 지난 일이에요. 열정과 희망과 꿈이 있었지만….

그걸 하루키처럼 써 보세요. 결핍. 열정. 사랑. 외로움. 뭐든지.

그녀는 그를 바라보았다. 커다란 두 귀를 쫑긋 세운 남자. 그녀는 스노볼 속의 에펠탑에서 여인들이 두 팔을 벌리고 달려오는 듯 그가 친근하게 느껴졌다. 때로 누군가 나타날 것이라는 우연성과 필연성, 개연성이 눈발 속에서 소용돌이쳤다.

풀잎 하프는 제가 먼저 읽고 줄 테니까 우선 카포티 초기작부터 읽으세요. 여기 전화번호 찍어주시고.

그가 스마트폰을 내밀었다. 그녀는 그의 스마트폰에 번호를 찍었다.

그가 저장된 번호를 눌렀다. 눈발 속으로 전화벨이 울렸다.

성준이 오른손을 번쩍 들어 보이더니 스케이트를 타듯 눈발 속으로 달려 나갔다. 부드러운 흰 벽이 금세 그를 삼켰다.

독자는 새로운 이야기가 와이파이처럼 무한대로 뻗어나가는 걸 느꼈다. 지도에도 없는 육교 아래. 폭설 속에서 독자는 새집을 지을 수 있을 것 같았다.

독자는 『내가 그대를 잊으면』을 가슴에 품고 눈발 속으로 나섰다. 아직 다하지 못한 말들이 목구멍에서 와글거렸다.

5

그때 그 저수지

*

네가 잠시 우울증에서 벗어날 수 있었던 것은 '저수지'란 시를 발견한 뒤부터다. 물결만 없었다면 나는 그것이 한없이 깊은 거울인 줄 알았을 거네.* 너는 속까지 다 보여주는 저수지가 이 지상에 존재할까를 생각하다가. 바닥까지 내려간 상처투성이 돌이 진흙이 되는 그런 저수지를 떠올렸다. 그리하여 누군가에게 쫓기듯 인쇄 냄새가 가시지 않는 석간신문에 가위를 대고 시를 오려내기에 이른다.

신문 읽는 것으로 하루를 시작하는 그는 아직 읽지도 않은 걸 오렸다고 화를 냈다. 이틀 전 새벽, 갑자기 전등을 켜서 꿈에 나타난 로또 뒷자리 번호를 까먹은 것까지 들추어냈다. 그러나 너는 여행지에서 첫날밤을 보낼 때처럼 가슴이 설레었다.

몇 번이고 시를 반복해 읽는 동안 너는 미풍이 물 위를 스치듯 가슴에 잔물결이 이는 걸 느꼈다. 너는 오랜만에 진열장 유리잔을 모두 내려 닦으며 콧노래를 흥얼거렸다. 너의 모습에도 그는 신문을 들여다볼 뿐 무슨 일이냐고 묻지 않았다.

우연히 친구 따라 들른 '오렌지꽃향기는바람에날리고' 찻집에서 커피를 뽑는 그에게 한눈에 사로잡힌 그날 이후, 너는 해병대 출신에게 이끌려 공인중개사 공부를 그만두고 아예 찻집으로 출근했다. 청소하고 커피 뽑고 잔을 씻고 끼니를 준비했다. 너는 단골로 드나드는 여자들 무리에서 빈둥대는 그가 언젠가 너를 인정하리라 의심치 않았다. 계절이 뚜렷한 산골에서 자란 너는 시간이 모든 걸 해결해 준다고 믿었다. 시 창작에 연연해하지 않을 수 있었던 것도 그런 우직한 믿음과 인내심 때문이다. 언젠가 쓰게 될 것이라는 믿음이 지금까지 너로 하여금 시를 놓지 못하게 했다. 시란 이유 없는 사랑처럼, 저수지 위를 나르다가 수초에 내려앉은 잠자리처럼 마음을 설레게 했다. 그러나 그를 만나면서 너는 말을 잃고 유충처럼 자신의 고치 안에 갇히기에 이른다. 그러던 올봄 너는 급기야 어리석은 일을 저지르고 만다.

밤새 폭우가 내린 뒤끝이라 그날은 어느 아침보다 화창했다. 계속된 불면증으로 잠을 설치긴 했지만 다른 날과 달리 자명종이 울리기 전에 일어났다. 언제나 그보다 먼저 일어나 실내를 신선한 바람으로 채우려던 너는, 새우처럼 꼬부리고 자

는 그를 보았다,

섹스가 끝나면 돌아누워 자는 게 습관이었지만 그날 너는 쉽사리 그를 지나치지 못했다. 트렁크 팬티 밖으로 흘러나와 등까지 말려 올라간, 희끗희끗 탈색된 푸른 러닝셔츠에─그 것은 너의 부주의로 락스 자국일 뿐이었지만─예민해졌고 잠이 오지 않아 화장대 앞에 앉았다. 거울 속 스물여덟 살 여자가 낯설었다. 시간이 정지하고 소리가 멈춘 거울 속이 비현실적으로 환했다. 현실감을 느끼려고 눈을 감았다가 뜨자 사라졌던 얼굴이 거울 속에 있었다. 곧 몸이 나른해지며 하나씩 모아두었던 알약이 떠올랐다. 꼬리가 달린 정자처럼 수면제들이 네 눈앞으로 전진하며 날 삼켜. 거짓말처럼 잠들 수 있을 거야. 다른 출구는 없어. 어서 삼켜. 말을 거는 것만 같았다. 결국 너는 다시는 먹지 않겠다고 서랍 깊숙이 넣어두었던 사십 알의 수면제를 한꺼번에 삼켜버린다.

더 먹지 그랬어. 삼월, 병원 침대에서 깨어난 너에게 처음 그가 퉁명스럽게 던진 말이다. 그 뒤부터 그는 너에게 말을 아꼈다. 여기 커피라거나, 때가 되면 밥 달라거나, 자정 무렵 이제 자지, 정도가 전부였다. 척박한 땅도 거름을 펴고 가꾸어야 비옥해져 곡식이 잘 자란다는 단순한 논리조차 이젠 네게 미적분처럼 어렵기만 하다. 너는 점점 치열한 삶이 일상화된 도시에서 조급해지고 갑갑증을 느꼈다. 너는 그를 받아들이는 일이 점점 벅찼다. 아무런 언질도 없이 너의 옷을 벗기고 통제하며 정복하려던 그가.

너는 저수지란 한 편의 시를 부적처럼 몸에 지니고 다니며 수시로 꺼내 읽는다. 왜 하필 그 시를 좋아하느냐고 누가 묻는다면 딱히 할 말이 없다. 세상은 수학 공식처럼 답이 떨어지지 않는다. 한 편의 짧은 시가, 작은 액세서리 하나가, 한 송이 꽃이, 낡은 사진 한 장이 어떤 위로의 말보다 너를 설레게 하고 꿈꾸게 한다. 시골 출신인 너는 자연에서 자라 자연스러운 게 가장 아름답다고 여겼다. 봄가을에 유독 예민해지지만, 여름이나 겨울도 좋아했다. 여름이나 겨울은 불투명하지 않았다. 어린 날 보았던 고요한 저수지는 너를 비춰보게 했다. 저수지는 아득한 추억이 되어버린 어린 날을 되돌아보게 하고, 지칠 대로 지친 너의 원형을 보게 한다. 학교에 가는 길, 오는 길은 모두가 캠퍼스였다. 무언가 거대한 비밀이 숨어 있을 것 같은 저수지는 최상의 관찰 학습터였다. 물안개가 살살 피어오르는 새벽 저수지. 푸른 하늘과 외톨이 구름을 품고 있던 한낮의 저수지. 나무들이 거꾸로 박힌 저수지. 날씨에 따라 색이 바뀌고 풍경이 변화하던 저수지….

너는 산으로 둘러싸인 산골짝 작은 마을을 지금도 또렷이 기억하고 있다. 농사를 짓지 않았다면 마을에는 굳이 저수지가 필요하지 않았을 것이다. 논보다 밭이 많았던 마을. 고추가 주생산지였던 바윗골. 비탈진 밭에 어린 고추들이 가뭄에 말라갈 때 양수기로 끌어올린 저수지 물은 해갈에 부족함이 없었다. 양수기의 거친 숨소리. 저수지에 잠긴 주황색 호스가 꿈틀거리며 물을 빨아당기던 순간을 너는 지금도 기억하고 있다. 그때 너는 아버지가 밭에 물을 대듯 저수지에 호스를 박고 대지를 적셔주는 단비가 되고 싶었다. 너는 식전부터 아버지와 붉게 익은 고추가 흘러내리기 전에 수시로 땄다. 가을볕이 수명을 다하면 고춧대를 뽑아 치웠다. 가난하고 소박한 일상이 사계절 반복되었다. 아버지는 정직 하나로 바위틈에 뿌리를 내린 나무처럼 꼿꼿하고 부지런했다.

척박한 암지는 비가 오지 않으면 물은 구경조차 할 수 없었다. 구불구불한 도랑과 마을 아래로 흐르는 개천은 바짝 마르고 쩍쩍 터져 자빠졌다. 어슴새벽부터 일하는 농부들의 삶은 똑같은 시간에 꽃이 피고 지듯 순환되었다. 너는 늘 목이 말랐다. 개구리 울음소리 세찬 어둠 속에서 돌아오지 않는 아버지를 기다리는 너를 지켜준 달. 달은 너에게 엄마에게로 가는 통로 같았다. 달그림자 입구로 가면 엄마를 만날 수 있다고 여겼다. 초승달에서 상현달 보름달 하현달 그믐달로 꽉 찼다가 기울어지는 달의 현상은 언제나 의문투성이로 신기하기만 했다. 아버지는 빨간 보리수를 꺾어오고 산딸기와 머루 오디를 채취해 멍때리는 너의 품에 안겼다. 너울거리는 풀짐에 숨어 있던 선물. 시고 달콤한 열매들. 너는 아버지의 말없음표에 익숙해지고 야생의 맛에 익숙해졌다. 망초 같은 너는 나무들은 왜 바람을 일으켜 잎을 키우는지 자강하면서 햇살에 눈물을 말렸다. 열 살 때 엄마와 사별한 너. 종일 들에 나가 일만 하는 아버지. 너를 키운 건 저수지. 별. 달. 구름. 나무였다. 구름을 타고 산을 넘어가는 상상으로 너의 근육은 점점 세졌다.

매일 매년 봄 여름 가을 겨울 일상이 반복되던 어느 날 너는. 집을 떠나기로 맘먹고 산을 넘었다. 발목에 척척 감기는 풀을 헤치며 산을 넘고 또 넘었다. 읍내로 가는 신작로는 학교로 가는 길과 정반대다. 장꾼들이 왕래하는 동구 밖으로 나가는 길. 열한 살 때 아버지 손을 잡고 장날 읍내로 나가본 후 이년 만이다. 장터 난전에는 장사꾼들과 어르신들이 장을 보느라 시끌벅적했다. 너의 시선이 멈춘 곳은 오색줄무늬 왕사탕. 아버지가 사준 왕방울 사탕의 달콤함이 첫 가출을 이끌었다.

큰맘 먹고 암지를 벗어났지만 너는 무릉계곡에서 더는 나아가지 못하고 되돌아서지 않을 수 없었다. 찔레꽃과 딸기나무 가시덤불 빽빽한 그늘진 계곡. 언젠가 장꾼들이 도깨비한테 끌려다니다 새벽녘에야 집에 돌아왔다는 소문이 떠오르고, 밭고랑을 타고 앉은 아버지가 자꾸 눈에 밟혔다. 결국 너의 첫 가출은 그렇게 끝이 났다. 이후, 산 너머 세계는 동경이라는 단어로 묶였다. 도시에서 사는 게 부러운 너는 학교에서 집으로 오는 길에 저수지 둑에 앉아 멍을 때렸다. 물 위에 동그라미를 그리며 물풀 속으로 숨어드는 물방개, 소금쟁이와 저수지 곁에서 자연의 법칙을 알아가며 자랐다.

여고생이 되어 도시로 가면서 너는 저수지와 멀어졌다. 도시의 편리성에 무방비로 노출되어 가던 너. 한 치의 의혹도 없이 그에게로 간 너. 유난히 검은 눈동자의 그. 그를 떠나서는 안 된다는 신기루 같은 시간. 그러나 이제 다른 느낌의 다른 저수지다.

그를 위해 오이소박이, 배추김치, 깍두기를 담그고 냄새나는 비좁은 방에 방향제도 뿌렸다. 담 밖으로 지나는 사람들이 보이지 않도록 창에 커튼을 달고 갈라진 홀 바닥에 시멘트를 이겨 바르고 설거지를 했다. 그러나 그는 너를 비웃기라도 하듯 자주 찻집으로 여자들을 불러들여 큰소리로 웃으며 떠들었다. 너는 점점 비웃음과 악의적인 조롱을 감내하기가 힘들어지자 그를 잊기로 마음먹는다. 그러나 사흘이 못 가서 수화기를 방바닥에 내려놓고 전화하고, 밤중에 허겁지겁 택시를 타고 달려가 아무 일도 없었다는 듯 찻집에서 서빙을 했다. 너는 두 번 다시 그를 만나지 않으리라 맹세했다. 그러나 비에 흠씬 젖은 그가 집 앞으로 찾아오자 그만 정신 무장을 해제했다. 결국 너는 아버지처럼 그와도 떨어질 수 없는 사이임을 자각한다.

너는 바닥까지 속을 드러낸 물웅덩이 그림 앞에서 발을 멈춘다. 물웅덩이가 한순간 저수지로 바뀐다. 사흘 전 너는 저수지 꿈을 꾸었다. 너는 꽁꽁 언 저수지 둑에 서 있었다. 바람이 잠들고 인적조차 없는 마을. 하얗게 뒤덮인 눈밭 위로 발자국을 찍으며 누군가 걸어올 것만 같았다. 그때 신작로 비탈길에 검은 물체가 보였다. 환각인가 하고 눈살을 좁히다가 뒷걸음쳤다. 그것은 거대한 한 마리 거미였다. 너는 거미를 피해 저수지로 뛰어들었다. 거미는 저수지까지 쫓아왔다. 강철 같은 발로 얼음을 탁탁 찍으며 게걸스러운 주둥이를 벌리고 다가섰다. 너는 얼음판에 미끄러지며 주저앉았다. 거미가 가슴에 들러붙으며 주둥이를 들이밀었다. 심장을 먹어 치우겠다는 듯. 놀라 잠에서 깬 너는 방을 나와 카운터 전등을 켜고 찻집 벽에 걸린 물웅덩이 그림을 보느라 고스란히 날을 밝혔다.

고향의 저수지와 비슷한 물웅덩이 그림을 만난 건 마치 운명 같았다. 서울역광장에서 발견한 50×70센티미터 액자. 미국 화가 팔리지 '물웅덩이' 그림을 본 순간 너는 온몸이 감전되어왔다. 넋 놓고 물웅덩이를 바라보는 내 옆으로 단발머리 직원이 다가와 나직이 말을 걸었다. 아무리 좋은 그림이라도 자신을 환기하지 않으면 소용이 없죠. 그 말 이전에 이미 너는 물웅덩이와 둑에 앉은 소녀. 그 뒤로 펼쳐진 밭과 탬버린처럼 잎사귀를 흔드는 눈부신 미루나무에 빠진 뒤였다.

끌리는 것에 너무나 쉽게 몰입하고 침잠하는 너는 그 어떤 셈도 하지 못하는 성격 때문에 삶이 순탄하지 않았다. 개미구멍을 들여다보다가 뱀이 발등을 지나가 기겁하면서도 온몸으로 땅을 밀고 가는 처연한 숙명에 오래 눈길을 주었다. 어쩌면 너는 살모사, 실뱀, 구렁이, 물뱀까지 자주 본 것들이라 겁이 없었는지도 모른다. 산과 들은 교실에서 배우는 공부와 달리 산지식을 배우는 동식물도감이었다. 큰비 오기 전에는 개미들이 줄지어 대이동을 했다. 봄에는 강남 갔던 제비들이 돌아오고 번데기들이 집을 허물고 날개를 달고 날아올랐다. 개구리들이 온동네를 장악하고 울면 반나절이 못 가서 비가 내렸다. 창호지 문살에 번갯불이 지나가고 7초 있으면 천둥이 친다고 아버지는 말했다. 아버지 말대로 너는 하나 둘 셋 넷 다섯 여섯 일곱을 헤아렸다. 동시에 우르릉 쾅쾅 몰려오는 천둥보다 빠르게 양 손바닥으로 귀를 막았다. 이파리를 하얗게 뒤집는 은사시나무 숲을 보며 사슴이 왕관을 쓰고 걸어 나오는 환상에 사로잡혔다. 넋을 잃고 숲을 보다가 선생님 분필을 맞았지만, 마음은 자주 콩밭에 가 있었다.

너는 시시때때로 모양을 바꾸는 구름을 보며 걷다가 발목을 접질리고, 돌부리에 걸려 넘어지기도 했다. 쇠똥구리는 시시포스처럼 소똥을 하루 종일 동그랗게 말아 굴리면서 천천히 이동했다. 제 몸보다 큰 소똥 구슬에 밀려 발랑 나자빠질 때. 소똥 구슬 안에 뭐가 들었는지 궁금해진 남자아이들이 퍽석 깨뜨린 일. 짚 쪼가리와 소똥밖에 없는 걸 확인하고 서로 얼굴을 쳐다보며 허탈해하던 모습은 이제 기억의 사진첩으로 남아 있다. 점점 학년이 올라가면서 지구가 돈다는 사실을 알고 충격을 받았을 땐 집이 도는 것 같았다. 고학년들이 외계인처럼 생긴 사마귀를 손등에 올려놓거나, 날개를 뜯고 고추잠자리 장가보내는 놀이를 너는 구경했다. 바람에 나무들이 흔들리고 풀과 땅 냄새가 공기 속으로 스며들 때 저녁이 왔다.

어슴새벽에 풀 짐을 지고 오는 아버지는 산이 걸어오는 것 같았다. 매일 풀이 마당으로 들어오다가 가을에는 잡곡들이 들어오고 겨울이 왔다. 밤새 소리 없이 내린 함박눈을 가래로 밀어내고 싸리비로 마당을 쓸어내던 아버지. 그 좁은 길을 따라 학교에 갔던 한 컷 스틸 사진 같은 단상은 영원히 지울 수 없는 기억의 단편이다. 아버지는 누구보다 먼저 일어나 아궁이에 군불을 지폈다. 식어가던 집안은 다시 훈훈해졌지만 너는 꽃상여를 타고 재를 넘어 하늘로 올라가 달이 된 엄마의 얼굴을 그리다가 잠이 들었다.

팔리지의 물웅덩이는 대학생이 되어서도 물 위의 기름처럼 떠도는 너에게 시를 쓰고 싶게 만들었다. 너는 시 창작동아리에 들어가 본격적으로 시를 쓰기 시작한다. 너의 시들은 폭우나 마른벼락, 개미집, 망초 따위. 너무나 하찮은 누구도 거들떠보지 않는 소재였다. 도시의 학우들은 모던하게 쓰라고 했지만 너는 개의치 않았다. 한 번도 시가 이래야 한다느니 저래야 한다고 생각한 적이 없다. 마음의 소리를 따라 썼고 그 어느 것도 버리지 못했다.

너를 벼랑으로 내몰지 않았다면, 그를 떠났다면 순탄하게 시를 쓸 수 있었을까. 이따금 그런 생각이 들 때면 너는 어쩔 수 없었다고 스스로 위무한다. 너무나 많은 일들이 몇 년 사이에 일어났다. 그와의 동거. 아버지와 작별. 여러 번의 이사와 자연 유산. 그 와중에도 팔리지 그림은 너의 곁을 지켰다.

팔리지의 물웅덩이는 '오렌지꽃향기는바람에날리고' 찻집 카운터 벽에 걸려 있다. 고향 저수지를 연상시키는 물웅덩이. 그는 촌스러운 웅덩이가 찻집에 어울리지 않는다며 떼버리라

고 했다. 그러나 너는 도시에는 풍경화가 필요하다는 주장을
굽히지 않았다.

그림 속의 물웅덩이는 오후 두세 시로 보인다. 물결 위에 거
꾸로 박힌 나무와 부들의 그림자, 나무에 등을 기대고 선 소년
의 그림자, 웅달진 둑의 그림자가 물에 잠겨 있다. 미풍에 노
란 머리칼을 맡긴 소녀는 소년의 반대편 둑에 앉아 있다. 소녀
는 물속의 소금쟁이를 보고 있는지 모른다. 소년의 눈길을 외
면한 채 자기 생각에 골몰한 소녀와 달리 소년의 시선은 소녀
를 향해 있다. 나란히 같은 방향을 보지 못하는 건 서로가 풀
어야 할 숙제다. 소녀는 태양을 등지고 앉아 그림자가 없지만
반대편에 선 소년은 물속에 키만 한 그림자를 드리우고 있다.
소녀의 발에 소년의 그림자가 닿을 것 같다. 소년이 기댄 나무
는 하늘로 곧게 뻗은 미루나무다. 햇빛에 찰랑거리는 나뭇잎
이 손에 잡힐 듯 생생하다. 대지를 향해 열린 고요한 물속은
거울처럼 투명하다. 물웅덩이는 하루에도 수차례 바뀌는 너의
마음처럼 아침과 한낮과 전등 아래서 볼 때 그 빛깔이 모두 다
르다.

오전 열 시 무렵의 물웅덩이는 사이다병처럼 파랗다. 손끝
만 닿아도 녹색 물이 들 것 같다. '물결들만 없었다면 나는 그
것이 한없이 깊은 거울인 줄 알았을 거네.'라고 너는 이미 외

워버린 시구를 가만히 중얼거려 본다. 시 때문일까. 그림자가 드리워진 물웅덩이가 저수지처럼 친근하게 느껴진다. 너는 여과지에 걸러낸 커피를 마시며 풍경화를 힐끗거린다. 금방 내린 커피 향이 전신을 깨운다. 삼 년 전, 범물동에서 산격동까지 택시를 타고 '오렌지꽃향기는바람에날리고' 문턱이 닳도록 드나들던 그때만 해도 사람들은 여덟 개의 탁자가 빌 여유 없이 찾아왔다. 그러나 이젠 저녁 시간에 맥주를 팔아도 손님은 그의 오랜 단골뿐이다.

그는 너에게 등을 보이고 앉아 비디오를 보고 있다. 텔레비전에는 현란한 화면이 숨 가쁘게 지나간다. 그는 중국 영화를 보는 중이다. 골치 아픈 걸 싫어하는 그는 철학적인 영화를 좋아하지 않는다. 처음 너는 그의 이런 단순함에 끌렸다. 그렇지만 특성이 다른 사람과는 간극을 좁히는 일이 쉽지 않다는 걸 나중에 알았다.

요란한 전화벨 소리에 너는 수화기를 든다. 여보세요. 여보세요. 여보세요. 점점 목소리를 높인다. 수화기에서 웅 하는 소리가 들린다. 누구야? 그가 돌아보며 묻는다. 너는 수화기를 내려놓으며 어쩌면 그를 찾는 여자인지 모른다고 추측한다. 그러나 침착하게 모르겠어요. 끊겼어요, 라고 대답한다. 그가 저토록 텔레비전 앞에서 시간을 보내는 건 지루함을 달래는 나름의 방법이다.

그는 너보다 두 살 아래지만 덩치가 크다. 주위 사람들은 모두 그가 연하인 줄 모른다. 아버지는 지금도 그가 너보다 어리다는 사실을 알지 못했다. 좀체 손익을 따지지 않던 아버지가 그와의 결혼을 반대한 것은 첫인상이 좋지 않다는 이유였다. 여자를 울릴 눈이야. 아버지만은 자신의 편이라고 생각했는데 결정적인 순간 정반대 해석을 내리자 너는 맞섰다. 어떤 풀도 똑같은 게 없다고 알려준 건 아버지라고. 너는 꽃들처럼 싹을 틔우고, 피고, 지고, 다시 태어나듯이 살아갈 수 있다고 자신하며 동거에 들어갔다. 그게 사랑이라고 믿었다.

너는 텔레비전을 보는 그의 벌어진 어깨를 보며 사랑? 하고 중얼거린다. 재채기가 날 것만 같다. 격정도 열의도 이젠 아득하기만 하다. 너는 잡념을 털어내기라도 하듯 수돗물을 틀고 손을 씻는다. 돌아앉은 그가 삼 년을 함께 살아온 사람이 아니라 지나가는 길에 잠깐 들른 손님 같다. 생각에 잠겼던 너는 발소리에 어서 오세요. 하다 말고 입을 다문다.

검정 가죽가방을 멘 떠돌이 장사꾼이다. 노란 색안경을 쓴 남자는 한 달 전에도 이곳에 왔다. 실내를 둘러본 오십 대 남자는 비디오를 보며 키득거리는 그를 못 본 척 카운터 앞으로 다가와 가방을 활짝 열어 보인다.

아가씨, 이것 좀 보세요. 입맛대로 다 있으니 골라 봐요. 깎아줄 테니.

너는 못 들은 척 돌아서 진열장의 유리잔을 정리하는 척한다. 장사꾼은 끈질긴 데가 있다는 걸 너는 알고 있다. 너는 빈 잔을 씻고 바쁘게 움직인다. 그러나 아저씨는 가방에서 온갖 신기한 물건을 꺼내 놓는다. 이것 봐요. 아가씨처럼 속눈썹이 긴 미인들한텐 이게 필수죠. 아저씨가 새의 부리 같은 속눈썹 고데기를 들어 보인다. 너는 젖은 손을 마른 수건으로 닦으며 슬며시 아저씨 앞으로 다가선다. 카운터에 흩어진 색색의 물건이 너의 시선을 이끈다. 디지털 전자 온도계, 불빛이 나오는 귀이개, 오이 모양의 홀더, 만능 절수기, 맥가이버 칼…….

아, 이건 조리용 온도겐데 등심 요리할 때 이 탐침을 꽂으면 레스토랑에 갈 필요 없이 미디움인지 웰던인지 확실히 알 수 있습니다. 아저씨가 주워섬긴다. 입맛을 잃은 너는 커피 온도도 잴 수 있느냐고 묻는다. 그러엄요. 커피 온도는 90도 안팎이 이상적이죠. 모르는 게 없는 아저씨에게 너는 온도계가 얼마냐고 묻는다. 만 사천 원. 이런 건 어디서나 쉽게 구할 수 있지만 이건 어때요? 아저씨가 맥가이버 칼을 들어 요술을 부리듯 케이스에 든 도구를 꺼내 보인다. 톱과 송곳, 캔과 코르크 병따개, 크고 작은 칼날들. 다양한 종류의 날렵한 칼날에 너는 긴장한다. 이게 바로 그 유명한 스위스제 빅토리녹스인데 칼날이 예리해 나무도 자를 수 있어요. 잠금장치가 달린 맥가이버 하나면 여행 끝이라며 아저씨가 너스레를 떤다.

그가 돌아보며 그만 나가달라고 소리친다. 너는 온도계를 보며 그와의 사이는 몇 도쯤 될까 생각한다. 아저씨가 아무거나 하나만 팔아달라고 사정한다. 너는 아저씨의 손에 들린 맥가이버칼을 응시하며 망설인다. 아저씨는 더는 채근하지 않고 냉수나 한잔 달라고 한다. 너는 페트병에 든 얼음물을 유리컵에 따라 건넨다. 컵을 집어 드는 아저씨의 몸에서 무두질한 가죽 벨트 같은 땀내가 훅 끼친다. 들에서 갓 돌아온 아버지의 냄새가 전해진다. 너는 떠돌이 장사꾼처럼 거리로 나가고 싶은 충동을 느끼며 그의 눈치를 살핀다.

찻집에는 떠돌이 장사꾼 외에도 다양한 사람들이 찾아온다. 예수를 믿으면 천국에 간다는 광신도와 출입문 앞에서 목탁을 두드리는 스님. 손수 뜬 수세미를 파는 할머니. 화장품 외판원, 건강식품 판매원, 보험 설계사 등. 너는 하느님을 믿고 영생을 얻자는 광신도들을 부담스러워한다. 꽃이 피고 열매를 맺는 건 과학의 원리가 아니라 사사건건 하느님의 은총이라고 주장하는 그들을 향해 언젠가 너는 되물었다. 그럼, 태양도 신이 창조한 건가요? 맞아요. 하나님은 천지를 창조하고 맨 마지막에 아담과 이브를 만들었어요. 이브가 신의 은총을 저버리고 죄를 지었으니 사함을 받아야 구원받아요. 구원을 거부하면 어떻게 되죠? 불구덩이 지옥에 떨어지면 천국에 못 가요. 그렇게 좋으면 당신들이나 천국 가요! 그가 벌떡 일어서며 소리를 질렀다. 너는 처음으로 그가 네 편이 된 것 같다. 자연의 세계에서는 수시로 불가항력이 일어나고 삶과 죽음은 미스터리였다. 건강하던 엄마가 고추밭에서 뇌일혈로 쓰러졌을 때 어린 너는 엄마가 그랬듯이 해와 달, 나무와 돌에 기도했다. 그러나 아무도 너의 목소리를 들어주지 않았다.

언제나 치근대는 그들을 물리치는 건 그다. 이제 그는 찾아오는 사람들에게 이력이 났는지 떠밀어내지는 않는다. 그러나 그들이 머무는 시간이 길어지면 주먹을 쥐고 벌떡 일어선다. 너는 그의 부주의로 상대가 앙심이라도 품을까 노심초사한다.

너는 가방을 싸는 아저씨 귀에 대고 맥가이버칼을 사겠다고 말한다. 아저씨는 사만 오천 원은 받아야 하지만 특별히 사만 원에 천 원짜리 두 장만 더 받는다며 속삭인다. 아저씨가 물건을 챙겨 나가자 너는 맥가이버칼을 만지작거린다. 보조로 달린 작은 칼 두 개를 펴고 병따개를 빼는데 송씨가 출입구로 들어서며 윙크를 보낸다. 너는 못 본 척 그를 살피며 앞치마 주머니에 맥가이버칼을 집어넣는다.

그는 송씨의 인사를 눈치채지 못한다.

여기, 시원한 물 한 잔 부탁해요.

송씨의 느물거리는 목소리에 너는 우선 앉으라고 말한다. 송씨가 그의 곁으로 다가서며 또 뭘 그렇게 혼자 재미나게 봅니까? 목청을 높인다. 그가 목만 돌려 황비홍을 보고 있다고 대답한다.

너는 물잔을 쟁반에 받쳐 들고 송씨 앞으로 다가가 잔을 내려놓는다. 송씨가 슬쩍 너의 손등을 만진다. 너는 놀라 그를 본다. 그러나 그는 비디오에 정신이 팔려 있다. 너는 서둘러 카운터 안쪽으로 들어선다.

바둑을 두자는 송씨의 제안에 그는 의외로 쉽게 텔레비전에서 눈을 뗀다. 그는 송씨와 함께 5번 테이블로 자리를 옮기면서 너에게 음악을 틀어달라고 주문한다. 너는 자주 듣는 포크송 테이프를 카세트덱에 넣는다. 벽시계는 어느새 오후 세 시를 가리키고 있다.

시계를 확인하는 순간 너는 조급증을 느낀다. 내기 바둑이 시작되면 좀체 끝나지 않을 것이다. 그는 어머니 병문안을 가기로 했지만 일주일째 미루고 있다. 너는 결혼식이나 장례식장처럼 공짜 술이 없어서 그런 거라고 짐작한다. 바둑과 술과 여자를 좋아하는 그는 송씨의 제안에 붙잡혀 또 하루를 공치

146

고 말 것이다. 너는 카운터 아래서 바둑판을 꺼내는 그에게, 병문안은 언제 갈 거냐고 묻는다. 환자가 어디 가나. 시간 날 때 가면 되지. 구시렁거리며 그는 송씨와 마주 보고 앉는다. 그가 검은 돌을 딱 소리 나게 놓자 송씨가 맞장구를 치듯 흰 돌을 딱 놓는다.

이 건물 오층에 사는 송씨는 건축업을 하며 집터에 단독주택을 올리고 건물주가 되었다. 일층 찻집과 이삼 층은 원룸이 열 개. 사층은 가정집 두 가구가 살고 지하에도 창고 옆에 방하나를 들여 세를 놓았다. 봄가을 출입문을 열어 놓고 해바라기하던 너는 지하방에서 나온 청년이 서류 가방을 들고 지나갈 때 간혹 눈인사를 나눴다. 그의 몸에서는 지하방의 쿰쿰한 냄새가 배있었다. 그러나 송씨는 집세 올릴 기회를 엿보았다. 달포 전 송씨가 집세를 올리겠다고 선언하자 너와 그는 며칠만이라도 가게로 와서 보라고 말했고 그때부터 송씨는 대놓고 가게를 들락거렸다. 그러더니 월세를 삼십만 원 더 내고 장사가 잘되면 이라는 조건을 달았다. 너는 그가 불평 없이 송씨를 대하는 게 놀랍기만 하다.

송씨가 흰 바둑알을 여섯 개째 놓으려는 찰나 송씨 부인이 신문을 들고 들어오며 형님 내외가 왔다고 전한다. 입구 우편함에 꽂힌 걸 그대로 집어 온 듯 장지갑 크기로 접힌 석간을 계산대에 내려놓으며 부인이 남편을 채근한다. 끄응 몸을 일으킨 송씨가 찻집을 나간다.

그가 라면을 먹자고 했지만 너는 입맛이 없다고 대꾸한다. 입맛뿐만 아니라 무엇을 해도 일이 손에 잡히지 않는다. 너는 유체 이탈한 기분이다.

그가 점심으로 라면을 먹는 동안 너는 카운터에 앉아 접힌 석간을 펼쳐 한 장씩 넘긴다. 너의 커다란 두 눈이 연꽃 저수지에 멈춘다.

'우암 저수지 연꽃 절정. 너는 연꽃 사진 아래 쓰인 짙은 고딕체 글씨를 읽는다. 경산시 구기면 우암리에 있는 우암 저수지는 7월 말부터 8월 초까지 연꽃으로 절정을 이룬다. 우암 저수지는 천오백 평으로…' 저수지를 보면 평온을 되찾을 수 있을 것이다. 너는 초조해지기 시작한다.

너는 잔을 들고 오는 그의 앞으로 신문에 난 사진을 들이민다. 요즘 연꽃이 절정이래요. 그가 사진을 들여다본다. 별로 멀지 않아요. 너는 가보고 싶다고 덧붙이며 눈치를 살핀다. 그는 신문에 눈을 고정하고 말한다. 거기 갈 시간 있으면 잠이나 자지. 너는 일말의 기대가 무너짐을 느낀다. 여행 간 게 언제적이던가. 아니 여행을 간 적이 있던가. 일요일에도 찻집을 열고 가게를 지켰다.

너는 신문을 접으며 빈 그릇을 싱크대에 내려놓는 그에게 은행에 잠깐 갔다 오겠다고 말한다. 대기 번호표 알림이 쉴 새 없이 울리는 그곳에 가면 기분이 한결 나아졌다. 겨울은 따뜻하고 여름은 시원한 은행이 쉼터 같았다. 그가 라면 국물을 싱크대에 쏟아붓다 말고 돌아본다. 너는 불어 터진 면발에 구토가 치밀어 수도꼭지를 튼다. 흙더미에서 모습을 드러낸 지렁이처럼 물살에 떠밀린 라면 가닥이 배수통으로 쓸려간다. 너는 한 손으로 헛구역질을 참으며 싱크대 난간을 짚고 속을 달랜다.

또 속이 아픈 거야. 그가 등 뒤로 다가서며 말한다. 너는 고개를 저으며 괜찮다고. 잠깐 속이 좋지 않아서 그렇다고 기어들어 가는 목소리로 말한다. 병원에서 위세척을 한 뒤 자주 음식 냄새에 구토한 너는 두 번째 임신인 줄 알았다. 그래서 산부인과에 갔지만 임신이 아니었다. 내과에서는 신경성 위염이라며 약을 지어주었다. 밤중에 너는 자주 쓰린 속 때문에 깨어나 그의 코 고는 소리를 들으며 식은땀을 흘렸다.

너는 그를 돌아본다. 마주친 얼굴이 낯설다. 한마디 대꾸조차 할 수 없을 정도로 몸에서 힘이 빠져나가는 것 같다. 너는 맥없이 카운터 의자에 주저앉는다.

그의 들뜬 목소리에 너는 고개를 든다. 여대생 민이 들어선다. 그녀는 그의 세 번째 여자다. 그가 그녀와 지낼 때 너는 언제나 신경이 곤두섰다. 네가 오기 전에 민은 찻집에서 알바를 했다. 그러나 네가 가게에 달린 방을 쓰자 그녀는 한 해가 지나도록 모습을 보이지 않았다. 달포 전부터 그녀는 다시 찾아오기 시작했다. 그녀는 학교에 가는 길이었다며 자주 알리바이를 흘렸지만 너는 그가 그녀를 호출하는 걸 여러 차례 목격했다. 민은 이른 강의를 마치고 들른 모양이다. 너는 은행은 내일로 미뤄야 하리라 직감한다.

그와 민은 안쪽 7번 테이블에 마주 앉아 얘기를 나누고 있다. 너는 앞치마에서 맥가이버칼을 꺼내 만지작거린다. 십자가 문양이 새겨진 자주색 칼집에서 가장 큰 칼날을 빼내 조심스레 왼쪽 검지에 갖다 댄다. 칼집에서 빠져나온 으뜸 칼은 지문이 묻어날 정도로 날이 서 있다. 자꾸만 손이 떨린다. 지긋이 칼에 힘을 주며 손가락에 푸른 정맥을 보다가 키득거리는 소리에 입술을 깨물며 칼을 떨군다. 핏방울이 뚝뚝 카운터를 적신다. 너는 손가락을 입에 넣으며 칼을 주워 도로 앞치마에 넣는다. 비릿한 피를 삼키며 오른손으로 약지를 움켜쥔다. 안쪽 구석 테이블을 노려본다. 그와 민은 이마를 맞대고 소곤거리고 있다. 너는 그의 옆으로 다가가 베인 손가락을 불쑥 내민다. 민이 화들짝 놀라며 너를 올려다본다.

그가 일어서며 너의 손목을 잡아끈다. 카운터 안쪽으로 들어가서야 그는 잡았던 손을 놓는다. 조개처럼 입을 굳게 닫고 카운터 아래쪽 서랍에서 구급상자를 꺼낸다. 거칠게 뚜껑을 열고 손가락에 후시딘 연고를 바르고 일회용 밴드를 감는다.

숨이 막혀요. 이 밀실에서 나가고 싶어. 거미가 내 안으로 들어오려고 해요. 너는 떨리는 몸을 추스르며 팔짱을 낀다. 그러나 그는 너를 보고 있지 않다. 담배에 불을 붙이며, 손님한테 지금 질투하는 거야. 낮게 으박지른다. 너는 7번 테이블을 바라본다. 그녀는 고개를 숙이고 앉아 달그락달그락 찻잔을 돌리고 있다. 그녀가 너를 비웃고 있는 것만 같다.

민의 곁으로 간 그는 맞은편에 앉아 다시 소곤거린다. 너는 페트병에 든 얼음물을 따라 마시고 천천히 물웅덩이 앞으로 걸어간다. 한순간 몸이 물웅덩이 속으로 빠져드는 걸 느낀다. 진공청소기가 먼지를 빨아들이듯 알 수 없는 힘이 너를 끌어당긴다. 물속에 비친 산이 나무 그림자가 흔들린다. 뒤쪽에서 낄낄거리는 웃음소리가, 아니 물웅덩이에서 울음소리가 들리는 것 같다. 고요한 수면이 일제히 흔들리며 물결을 일으킨다.

너는 순식간에 그림 액자를 떼어낸다. 무게 때문에 잠깐 몸이 휘청거린다. 쿵, 액자가 발등을 찍는다. 너는 액자를 놓치고 오른쪽 발등을 움켜쥐며 주저앉는다. 어금니를 깨물고 견디다가 고개를 든다. 뿌연 눈앞으로 저수지가 일렁거린다. 너는 액자를 들고 절룩거리며 출입문을 열고 계단을 뛰어오른다. 투박한 손이 너의 어깨를 돌려세운다. 그러나 돌아보지 않는다.

너는 길바닥에 사정없이 액자를 동댕이친다. 그러나 액자는 견고하다. 다시 들고 두 번, 세 번, 내리친다. 못이 빠지며 액자가 덜렁거린다. 물웅덩이가 환하게 너를 비춘다. 너는 액자 속으로 걸어 들어간다. 한없이 투명한 거울 같은 액자 속으로. 저수지는 물길을 열어 보이지 않는다. 너는 더욱 목마르다. 바닥까지 내려간 돌의 상처. 진흙이 되는 그런 저수지에서 너는,

* 이윤학 시 〈저수지〉 일부 인용

6

남은 자들

*

우리 보리 맞아요?

나는 장독대가 있는 뒤뜰 담장으로 다가서며 물었다.

보리 맞대요. 이장이 농공단지 도로에서 죽은 거 확인했대요.

콧등까지 뒤집어쓴 모자를 밀어 올려 두 눈을 드러낸 뒷집 여자는 몸뻬에 분홍색 티셔츠 차림이다.

보리는 빨간 머리 요양보호사 전에 요양보호사가 일을 관두면서 두고 간 고양이다. 내가 집을 비운 동안 뒷집 여자가 보리에게 사료를 주며 돌보았지만 보리는 점점 야행성 기질을 드러냈다. 낮에는 꽃밭 배나무 밑에 늘어져 자다가 저녁에는 어디론가 갔다가 하루에 한 번씩 다시 마당에 찾아왔다. 가끔 뒤뜰 창가에 올라앉아 야옹, 울면서 엄마의 잠을 깨웠다. 움직이는 살아있는 동물. 엄마가 보리랑 친구처럼 손자처럼 잠깐 눈을 맞추며 반가워하는 모습을 보면서 위안이 되었다. 집 근처를 빙빙 돌면서 온 사방으로 돌아다니는 보리. 보리가 없어졌다.

하루 종일 티브이 리모컨을 들고 아이들이 나오는 프로를 보다가 전국노래자랑을 보다가 연속극을 보는 엄마. 이리저리 리모컨을 돌리는 게 유일한 낙이다. 티브이에 나오는 아이들이 전부 내 손자 같고 잘생긴 탤런트들이 내 아들딸 같아서 그 주인공들과 눈을 맞추면서 산 지가 몇 년째다. 아홉 시 뉴스는 중요하다면서 하루도 빠짐없이 본다. 나라를 책임지는 대통령이 있어서 참 다행이라고 참 잘한다고 칭찬했다.

요양사들이 두 시간 정도 집에 와서 정리하고 휙 지나가면 혼자 남은 집은 참으로 적적하다. 좋아하는 사람과 눈을 맞추고 웃고 떠들고 살아야 하는데 사람이 없으니 그게 슬픈 일이다. 사계절이 가고 꽃이 피고 지는 걸 창문만 내다봐도 엄마는 다 안다. 앞 논에 벚꽃이 폈는지 고구마순이 골을 덮었는지. 그런데 큰일 났다. 보리를 못 찾으면 어떻게 하지 걱정이 앞선다. 보리라도 있어서 안녕, 잘 왔어, 밥 먹었어, 내일 또 와, 하면서 지냈는데 하루의 프로그램이 없어져 버렸다.

보리를 찾으러 가야 한다.

옆집 마늘밭에는 마늘쫑이 플라스틱처럼 **빳빳하게** 올라와 있다. 담장 턱밑까지 지붕보다 높게 올라간 비닐하우스에 숨이 막힌다. 퇴직하면 고향 내려와서 전원에서 엄마를 모시고 살아야겠다는 계획이 무너지고 있다. 이제 시골도 만만치 않다. 서울 빌딩 숲을 벗어나 탁 트인 그린 생활을 생각했다. 전부 엉망이 되어 버렸다. 우리 집을 둘러싸고 동서남북 사방으로 집집마다 비닐하우스 한두 동씩을 다 지었다. 시골은 언제부턴가 비닐하우스 천국이 되었다. 비닐하우스는 기와지붕보다 높다. 완전히 빌딩과 빌딩 사이 숨 막히던 서울과 별반 다르지 않다. 전망은 고사하고 길가에 바짝 진을 친 비닐하우스가 나는 동네 미관을 해친다고 생각했다. 옛날 동네 모습은 어디로 사라졌다. 내가 여고생일 때만 해도 개울에는 맑은 물이 흘렀다. 나는 송사리들을 피해 개울에서 이를 닦고 머리도 감았다. 이제 일급수 개울은 사라졌다. 제방이 생기고 개울에는 갈대들이 점령했다. 장마가 오고 태풍이 오면 갈대들을 쓰러뜨리면서 누런 흙탕물이 무섭게 내달렸다.

기찻길도 동네를 반토막 냈다. 마당에서 눈높이 백 미터밖에 안 돼 보이는 공중으로 기차가 지나간다. 청량리에서 포항 부산까지 개통한 코레일 철도. 2시간마다 한 번씩 일반 객실 여섯 량을 달고 오간다. 밤 열한시 수출용 콘테이너 열다섯 개를 매달고 굉음을 내면서 철커덕거리며 마지막 철로를 후비고 달려간다.

마당에 모기 쑥불을 지피고 멍석에 누워 은하수 무리에 섞여 쏟아지는 별을 헤아리던 유년의 마당은 사라졌다. 할아버지도 할머니도 아버지도 산으로 돌아가셨다. 아득한 시간이다.

이십 대 중반 나는 읍내 군청을 그만두고 서울로 올라가 대학을 졸업했다. 광화문 한 직장에서 삼십 년 넘게 출퇴근하면서 일하는 동안 강산이 세 번 바뀌었다. 여기도 군청이 시청으로 바뀌고 마을도 농공단지가 들어서면서 토지 지적도가 변했다. 할아버지와 할머니가 농사짓던 토지를 이어받아 아버지도 같이 농사를 지었다. 웃터 논과 밭은 전부 농공단지로 들어가 버렸다. 보상금도 얼마를 받았는지 모른다. 헐값으로 그냥 정부에서 뭘 한다니까 넘어간 것이라 믿어 의심치 않는다. 마을은 육십아홉 가구 이씨 집성촌이다. 문중 일을 보던 어른들은 나이 들어 돌아가시고 자식들은 집을 팔고 직장을 찾아 떠나 버렸다. 이제는 집주인이 누군지도 모를 정도다. 이씨 문중 제실은 남아 있지만 문중 일을 누가 보는지도 모른다. 객지에 있으면 거의 동네 돌아가는 일은 깜깜하다. 뒷집도 원래 우리 작은집, 그러니까 할아버지 동생 집이었는데 아들이 엄마 아버지 농사짓는 게 힘들다고 수원으로 모시고 가면서 외지 사람이 집을 사서 이사 왔다. 여기도 조금만 젊어도 전부 자격증을 따서 요양사로 일한다. 요양보호사 자격증 시험이 붐을 일으켰다. 엄마가 처마에서 넘어지면서 다리를 못쓰게 되면서 요양원에서 뒷집 요양사를 배정했다. 그때부터 뒷집 요양보호사가 엄마를 돌봤다. 몇 달 후, 뒷집 요양사가 요양원 근무에 들어가면서 엄마의 간병인은 수시로 바뀌었다.

직접 본 게 아니고 이장이 봤다면서요.

나도 필자 언니한테 들었지. 보리가 도로를 건너다 차에 치였다는데. 이장이 어디 산에 묻었다고 했는데.

필자 언니는 이씨 문중 큰집으로 농공단지 입구에서 작은 상점을 했다. 그렇게 귀엽고 예쁘던 언니도 이제 팔십을 훌쩍 넘겼다.

이장님을 만나봐야겠네요.

순간, 이모! 외치는 소리에 고개를 돌렸다.

활짝 열린 거실 앞에 정장 차림의 은유가 경호원처럼 서 있다. 한여름에도 뒷문과 앞문을 열어두면 맞바람으로 에어컨 없이도 시원한 집이다. 긴 머리를 둘둘 말아 질끈 묶은 키 172센티. 은유는 물푸레나무처럼 씩씩하고 단단해 보였다. 점점 유자를 닮아가는 조카. 때때로 은유를 가끔 유자아, 부르다 제풀에 놀라지만 은유는 못 들은 척했다. 은퇴하면 나는 장독대가 놓인 넓은 뒤뜰에서 동생들과 돗자리를 깔고 삼겹살을 구워 먹으며 수다를 떨고 싶었다. 은퇴 후 계획은 점점 엉망으로 비틀어졌다.

그냥 필자 아줌마한테 물어보면 되지 뭘 그래.

외할머니한테 인사했어?

했지. 또, 울어.

널 보면 누가 생각나서, 하려다 나는 말을 돌렸다.

기가 막히네. 나만 보면 보리는 그렁그렁 거리며 다리에 감겼는데….

나는 거실에서 앞마당으로 나갔다.

고양이가 그렁대는 건 최고의 찬사래. 경애를 표한다는 뜻이야.

그런 걸 어떻게 알아?

나는 꽃밭 채송화 앞에 앉아 있는 은유에게 다가간다.

어릴 때부터 나 동물 좋아했잖아.

소나무 아래부터 꽃밭 둘레는 자연석으로 둥글게 경계석을 놓았다. 평평한 돌 위에 은유가 의자처럼 앉아 있다. 나는 꽃밭을 둘러본다. 보리는 이 꽃밭에서 풀도 뜯어 먹고 흙을 살살 파고 똥을 누고 다시 묻었다. 반야생인데도 깔끔을 떨었다. 나무 그늘 풀밭에서 미동도 없이 눈을 꼭 감고 몸을 동그랗게 웅크리고 자던 모습이 눈에 선하다.

　오이와 부추, 가지, 깻잎, 상추를 심었던 푸성귀 밭은 엄마가 쓰러지면서 잡초만 무성해졌다. 아랫마을에서 하수도가 연결되면서 마당에 덩그렇게 있던 사용도 안 하는 화장실 건물과 정화조를 철거했다. 집집마다 태양광 신청을 2년 전에 받았는데 후발주자로 신고하여 뒤뜰 공간에 설치했다. 마당 안쪽에 공구리를 치고 창고로 쓰던 컨테이너를 크레인으로 옮겨 올려놓았다. 컨테이너를 도색하고 지붕을 올리고 바닥에 전기판넬을 깔고 창문도 새로 제작해 달아 집필실로 만들었다. 컨테이너에는 엄마가 모아 놓은 종이박스와 아이스박스, 빈 자루와 쟁기들이 가지런히 정리되어 있었다. 볍씨를 담그고 배추를 절이던 대형 고무다라만 열 개가 넘었다. 옛날에는 배추를 삼백 포기 넘게 절였다. 마당에 쌓아놓고 반으로 자르면 육백 개가 넘는다. 바닷물에 절이고 씻어서 대발에 건져 놓았다가 김장을 섞는 날은 잔칫날처럼 분주했다. 뒤뜰 장독대 옆 땅에도 묻고 움집을 만들어 김장을 항아리에 넣어 보관했던 기억이 떠올랐다. 할아버지 때부터 쓰던 삽, 호미, 괭이, 쇠스랑… 농기구들은 그때 그대로 고스란히 녹이 슬어 있었다. 농사를 멈춘 지 몇 년인지 가물가물하다. 컨테이너와 담장 사이 공간을 확보하여 지붕만 덧대고 보관 창고처럼 헛간을 만들어

컨테이너 안에 있던 모든 짐을 차곡차곡 정리했다. 컨테이너 벽면에 알루미늄 파이프를 덧대고 드릴 나사못을 박고 농기구들을 걸었다. 얼마 만에 햇빛을 보는 건지 긴 잠에서 깨어난 농기구들이 일제히 하품하는 것 같았다.

가슴이 하얀 까치 두 마리가 감나무에서 대숲으로 날아간다. 뒷산 산소와 가까운 동네. 옛날에는 집 앞 소로로 소가 동글동글 부침개 같은 똥을 철퍼덕철퍼덕 싸면서 지나갔다. 여름밤에는 반딧불이가 반짝반짝 엉덩이에 불을 달고 날아다녔다. 개구리들이 펄쩍펄쩍 논으로 도망치는 개울에서 옷을 홀랑 벗고 물속에 풍덩 빠지는 목물은 천국이었다. 몸을 시원하게 얼린 다음 모기장 안으로 들어가 흠뻑 자는 한 여름밤이 몇 개 지나갔던가.

보리야아!

마당으로 내려선 은유가 마당을 나가 보리를 부른다. 스니커즈를 즐겨 신던 은유는 노량진 고시원에서 신던 아디다스 운동화 차림이다. 삼 년 전에 유자의 장례를 치른 뒤 나는 은유를 서울로 불러올려 공무원 시험을 준비하게 했다. 산업디자인과가 별로라고 학교를 자퇴하고 방에서만 지내는 은유가 걱정되었다. 은유는 아디다스 삼줄 츄리닝을 입고 노량진에 바로 흡수되어 삼각김밥과 컵밥을 먹으며 적응했다. 이모, 이

거 츄리닝 공시생들 제복인 거 알아? 이걸 입고 있으면 동질 감을 느낀다니까. 첫해부터 7급에 도전한 은유는 상식 문제에서 청와대 뒷산이 뭔지 몰라 틀렸다고 했다. 다음 시험 9급에 응시해 바로 합격하고 고향으로 내려왔다. 초급 공무원 생활을 성실하게 쌓아가는 은유를 신기해하며 안도했다.

이동식 침대가 가로놓인 안방으로 들어갔다. 침대 머리맡에 환자용 기저귀가 천정까지 쌓아져 있다. 요양사들이 매일 환기하고 빨래를 하는데도 방에서는 요상한 냄새가 난다. 침대 옆 탁자에는 우황청심환, 경옥고, 신경통약과 관절염 약봉지들이 수북하다. 류마티스 관절염 약을 장기 복용하면서 엄마는 청력이 떨어졌다. 집안이 울리도록 볼륨을 올려놓고 티브이를 본다. 머리맡에 쌓아놓은 기저귀를 스스로 갈았다. 뼈가 약해져 안마조차 쉽게 허락되지 않았다. 요양보호사들이 어르신이 까다로워 힘들다고 전화를 걸어올 때마다 나는 듣기만 했다. 보일러 온도를 낮추고 침대 옆에 앉았다.

은유가 접시에 담아 놓은 수육이 그대로 있다. 엄마는 백김치에 싸준 수육을 한 쪼가리만 먹고 샐러드는 손을 대지 않았다. 은유가 오면 울면서 내 앞에서는 울지도 않고 눈도 맞추지 않는다. 지상파 방송에서는 '자연인'이 재방송 중이다. 산속에 들어온 지 십 년이 넘은 자연인이 몸에 좋다는 약초를 캐서 밥에도 넣고 달여서 물도 먹으면서 병이 다 나았다고 윤택에게 설명한다.

엄마, 은유랑 할 얘기가 있어 잠깐 나갔다 올게.

엄마의 두 눈은 여전히 티브이를 향해 있다. 유자를 가슴에 묻은 뒤 엄마는 말이 줄었고, 티브이 리모컨을 손에서 놓지 않았다.

대야에 따뜻한 물을 담아 손을 헹궈주자 엄마가 눈살을 찡그리며 묻는다.

은유는 갔나?

같이 커피 마시러 갈 거야. 얼른 올게.

나는 엄마 손을 잡고 가제 손수건으로 손가락 사이사이를 닦는다. 엄마가 열꽃이 핀 얼굴을 돌린다. 나는 커피포트에 끓여 놓은 둥굴레차를 물통에 담아 빨대를 꽂고 방을 나온다.

태양은 마당에 완전하게 내려앉아 있다.

이모, 보리 죽은 거 맞아? 윗동네 고양이일 수도 있지. 지난번에 마을회관을 지나다가 보리와 비슷하게 생긴 고양이 봤는데 중성화 수술을 했는지 오른쪽 귀가 살짝 잘려 있었어. 죽은 고양이 제대로 확인은 한 거야?

은유가 소나무 아래 놓인 돌절구를 기웃대며 컨테이너 쪽으로 간다.

필자 언니 집 들렀다 가자.

나는 궤짝 위에 올려둔 뉴발란스 운동화를 털어 신고 마당으로 내려섰다. 돌절구에는 지난번 내린 빗물이 그대로 담겨 있다. 해마다 감자를 심은 텃밭에는 청명, 한식이 지나면서 풀이 기세등등해졌다. 풀은 영역을 확장하며 경쟁하듯 뿌리를 뻗어나갔다. 한차례 뽑아냈는데도 민들레가 자갈 사이로 치솟고 별꽃이 텃밭을 점령했다. 소나무 아래 머위는 그새 세졌다.

기차가 또 철거덕거리며 지나갔다. 겨울에는 뜨신 방바닥에 귀를 대고 있으면 건너 바다마을에서 파도 소리가 쏴아쏴아 들릴 정도로 조용한 마을이었다. 주말이면 해안도로를 지나 국도를 가로지르는 오토바이 무리가 붕붕 하늘로 뛸 듯 질주하며 내달렸다. 바닷바람을 막아주던 앞산은 원자력 유치 선정지로 파헤쳐져 몇 년째 방치 중이다. 생채기투성이 도로 옆으로 비닐하우스가 점령해 이제는 산의 능선도 안 보인다. 집집마다 감나무가 많아 가을에는 대봉감을 따서 매상하고 곶감도 주렁주렁 깎아 말리는 감골이었다. 어느 날 급성심근경색으로 갑자기 아버지가 돌아가신 후로 엄마는 동네에서 무슨 일이 있는지도 모를 정도로 감감하다고 말했다. 이씨 집성촌이지만 친인척도 없고 노인들만 남았다. 주민공청회도 없이 철로가 동네 공중으로 지나가게 했다. 이장이 어떻게 한 것인지 알 수 없는 노릇이다. 고령자들만 남은 동네. 서울에서 내려올 때마다 동네는 변해 있었다.

마당으로 내려서자 은유가 아이폰을 내민다. 검은 고양이 한 마리가 이집트 고양이 조각상처럼 앉아 있다.

이모, 잘 생겼지? 해변의 고양이 카오스야. 보리도 애처럼 별일 없을 거야. 집 주변이나 다니지 멀리 안 가잖아.

하며 은유가 마당에 세워둔 흰색 아반떼 운전석 문을 연다. 제부가 일주일 만에 새로 사준 중고차다. 석 달 전 은유는 연수 받으러 가면서 국도를 지나는 고라니를 피하느라 가로수를 받았다. 앞 범퍼가 찌그러진 자동차 사진과 카톡 문자를 전송했다. '안전벨트 풀고 나와 경찰에 신고하고 증거를 남겼지^^' 큰일 날 뻔했네. 엄마가 도왔네. 나도 모르게 튀어나온 말에 은유는 웃었다.

아반떼가 움직이자 마당에 깔린 자갈이 짜그락댄다.

마당을 나간 승용차는 농로를 지나 느티나무를 돌아 필자 언니 집 가게 앞에 선다. '가정사로 4월 16일까지 쉽니다.' 자물쇠가 걸린 문에 메모지가 붙어 있다.

차는 농공단지 진입로를 벗어나 국도로 접어든다. 벗나무 가로수가 즐비하게 늘어선 길. 눈부신 벚꽃들이 지고 연초록

잎들이 눈앞을 막아서며 휙휙 밀려난다.

아반떼가 벚나무 터널을 빠져나간다. 나는 차창을 내린다. 벚꽃이 만발한 눈부신 도로. 이 길을 달리며 은유는 무슨 생각을 했을까. 엄마의 죽음 앞에서도 의연하던 조카. 교통사고를 내고도 태연히 연수를 받고 동사무소로 첫 발령받고 햇병아리 단계를 잘 견디는 것 같았다. 공무원 월급이 너무 적다고 투덜거리더니 소식을 끊었다. 제부로부터 전화를 받은 건 한 달 전이었다.

처형, 은유하고 얘기 좀 해 보소. 좋은 맞선 자리 마다하고 사십된 직장 상사를 좋아한대요, 나 원.

제부의 한숨에 나는 은유를 불러 의중을 떠보았다. 은유는 좋은 사람이라고만 할 뿐 좀체 속내를 드러내지 않았다.

서울은 벚꽃이 이제 피기 시작했는데 여긴 다 졌네. 이런 길로 차 몰고 출근하면 월요병은 없겠다.

어, 친구들도 그렇게 말해.

친구들은 연하도 만나고 또래도 사귀는데 뭐래?

얘기 안 했어. 이모는 강릉에서 동창들 만나 뭐했어?

은유가 돌연히 말머리를 돌린다.

세인트존스 호텔에 짐 풀고 허난설헌 생가 둘러보고 초당두부, 장칼국수 먹고 안목 바다 가서 커피 마시고 문학 작품 평

했지.

우리도 세인트존스 호텔 오션뷰 얻어 친구들이랑 놀았는데 이모네도 호텔에서 놀아?

주부들 요즘 호텔에서 노는 게 대세잖아. 밖에 나가봤자 미세 먼지에다 황사가 심하니까. 참, 거기 호텔 인피니티풀에서 수영했어? 어제 보니까 물속에서 젊은 애들이 영화 장면처럼 쪽쪽 입 맞추는 데 왠지 웃기더라.

그게 웃겨?

은유가 동그래진 눈으로 고개를 돌린다. 순간 모래를 실은 덤프트럭이 굉음을 내며 지나간다.

앞만 보고 운전해야지! 요즘 애들이 부럽다는 거지. 친구끼리 좋은 호텔에서 자유롭게 즐기잖아. 시대적으로 많이 바뀐 세태가 재밌어. 우리 이십 대 때는 말이야. 라떼가 아니라. 경포대 가면 반바지에 티만 입고 바다에 입수해 수영했지. 모래사장에서 소주 마시며 문학이 어쩌고 정치가 어쩌고 모두 혁명가처럼 떠들었는데. 그때는 호텔도 경포대관광호텔이랑 현대호텔만 있었어. 지금 데크 깔아놓은 거기가 전부 오천 원 받던 연탄 때는 여관이었어. 국문과 동아리 여섯 명이 들어가 낑겨 잤어. 문만 열면 바로 바다였지. 파도가 방안으로 쳐들어왔어. 그게 다 문학으로 가는 시발점이었지. 그때 우리 이십 대

과도기는 대단했던 거 같아. 그래도 졸업하고 거의 다 국어 선생 됐잖아.

이모는 외국 출장도 자주 나가고 에디터라 쏘쿨한 줄 알았더니… 이번에 옥계 산불 났을 때 내가 산불 담당이라 비상근무 했는데 계장님이 에어호스로 한 시간 동안 내 차 청소해줬어.

동사무소를 지나치던 은유가 속도를 줄인다. 승용차가 끝물 꽃잎이 날리는 벚나무 가로수 길로 들어선다. 이층 연노랑 건물에 태극기가 팔랑팔랑 심기를 건드린다.

차 청소해줬다고? 아무리 전원생활이 좋다지만 누구를 만나느냐에 따라 바운더리도 달라져. 뉴욕 남자 만나면 뉴욕 가고. 서울 남자 만나면 서울 오가지만. 여기 남자 만나면 여기서 살아야잖아. 너 뉴욕에서 살고 싶다면서.

은유는 입을 꾹 다물고 있다.

유자의 장례를 치르고 나자 제부는 은유의 여행을 제안했다. 나는 여행 일정을 모두 맡겼다. 시카고와 뉴욕이 목적지로 결정되자 은유는 인터넷으로 시카고 팔머 하우스 힐튼호텔을 예약하고 일주일 스케줄을 짰다. 은유와 처음 여행간 도시에서 우리는 아이폰을 손에 들고 구글맵을 따라 걸었다. 바람 구두를 신은 랭보처럼. 우리는 건축의 도시 시카고에서 최고 높은 윌리스 타워부터 옥수수빌딩까지 건축 투어에 나섰다. 미시건호를 걸으며 피자를 먹고 유람선을 타고 그 유명한 스카이라인을 수도 없이 폰카로 찍었다. 밀레니엄 파크에 앉아 세상의 다양한 인류를 세어보기도 했다. 뉴욕으로 이동해 맨해튼 엠파이어스테이트가 보이는 호텔을 잡고 빌딩에 올라 마천루같이 튀어나온 빌딩에 압도당했다. 2001년 911테러 현장 뉴욕 세계무역센터 쌍둥이 빌딩. 재건한 오큘러스 그라운드제로에서 수많은 이름 앞에서 가슴에 손을 얹었다. 영원한 이별. 계속되는 부재와 간극의 삶이라는 명제. 존재와 존재 사이의 틈. 그래 틈이 너무 많아. 우리는 침묵하며 온몸으로 바람을 안으며 브루클린 다리 위에서 오래오래 일몰에 빠졌다. 전 세계 거대 기업 광고가 춤을 추는 타임스퀘어는 해가 지지 않았다. 유명인들이 찾는다는 뉴욕 벤자민 스테이크에서 우리는 와인으로 건배하며 살아온 날을, 살아갈 날을 다 잊고 스테이크에만 집중했다. 은유는 "아, 진짜 다르구나. 최고의 스테이크다."라며 처음으로 웃었다.

현지 사정에 따라 변경되는 여행일정표처럼 은유의 삶은 수시로 바뀌었다. H대 산업디자인학과를 다니다 갑자기 학교를 그만두었다. S대 철학과에 가겠다고 고시원에 틀어박혔지만 갑작스럽고 황당한 엄마의 죽음으로 수능을 망쳤다. 유자의 말대로 내가 엉뚱하게 은유를 창의적이고도 상상력이 풍부한 아이로 만들려고 했던 건 아닌가 생각도 했다. 초등학교 때부터 서울로 불러올려 해리포터 시리즈 영화를 보고 서점 투어를 하면서 그리스 로마 신화 책을 사준 게 문제였던가. 은유의 침묵이 길어질수록 나는 불안했다. 응결된 슬픔이 은유의 이성을 흐리게 하는지 모른다고 생각할 때 노란 유채밭이 차창 밖으로 펼쳐졌다.

핸들을 잡은 기다란 손가락. 우리 가족들은 골격도 크고 손도 길고 발도 길다. 발에 맞는 기성 구두도 옛날에는 없어 언제나 맞춤 구두를 신었다. 은유를 데리고 성수동에 가서 수제 구두를 맞췄다. 요즘은 구두보다 운동화를 선호하는 시대. 수입 운동화가 외국인 체형에 맞춰 크게 나와서 별문제가 없어졌지만 은유 눈에 드는 걸 찾기가 쉽지 않았다.

막내 유자를 빼닮은 은유는 키가 커서 패션 감각도 세련되고 색감도 잘 보고 뭘 걸쳐도 어울렸다. 유자는 대학을 중퇴하고 집안의 반대에도 불구하고 연애결혼을 했다. 나는 지금도 동생을 세세하게 챙기지 못했다는 자책감으로 괴로웠다. 아름다운 휴양도시 샌디에이고 출장길. 카메라 셔터를 누르고, 스테이크를 썰고, 와인을 마시고, 해변을 산책할 때 유자는 죽음을 준비한 것인가. 둘째 유진은 발령받은 학교에서 동료 교

사와 결혼했지만 출산 중 핏덩이만 두고 갔다. 둘째 제부는 일
년도 되지 않아 재혼하고, 내가 돌잔치에 사보낸 옷을 돌려보
내며 엽서 한 장으로 통보했다. '재혼하고 성재는 제 호적에
올렸습니다. 새엄마를 엄마로 알고 있으니 앞으로 연락하지
마세요.'

이모, 저거 내가 설치한 펜스야.

차가 해수욕장을 지나 솔숲으로 접어들자 은유가 외친다.
연두색 철제울타리에 '쓰레기 무단투기 금지 구역'이란 현수
막이 묶여 있다.

국가 공무원이 다 됐구나. 근데 어딜 가는 거야?

솔숲. 촛대바위 가면 좋은데 강풍에 무너진 데크가 아직 수
리 중이라 여기 왔어.

은유가 솔숲 앞에서 운전석 차창을 열었다. 앞도 옆도 소나
무가 군락을 이루었다. 바다는 양탄자를 깔아놓은 듯 매끄럽
고 군함이 움직이는지 정박해 있는지 모를 정도로 바다 한가
운데 떠 있다. 해변을 끼고 비탈길을 내려간 차는 텅 빈 바닷
가 주차장에 멈춘다. 펜션 건물 일 층은 편의점이고 이층 바닷
가 쪽은 통유리 카페다.

나무 계단을 올라 문을 밀자 구리종이 댕그랑 울린다. 씨 앤
리버. 강물이 바다로 흐르는 포구가 한눈에 들어왔다. 은유가

계산대 앞으로 다가서며 이층 계단으로 내 등을 떠민다. 나는 따뜻한 레몬티를 시키고 계단을 올라갔다.

전면이 통유리창이다. 가물거리던 수평선이 걸어가고 싶을 정도로 가까이 보인다. 창가에는 오십 대 두 여자와 구석 쪽에 이십 대 남녀가 어깨를 기대고 앉아 있다. 대형 선인장과 인조 해바라기가 놓인 창가 빈자리에 의자를 옮겨 앉으며 공간을 확보한다.

강과 바다 사이 해변에 보행 데크가 오솔길처럼 놓여 있다. 그 옆으로 상천에서 내려온 강물이 봉덕산으로 흘러간다. 물항아리 같은 산 위에 새털구름이 퍼져 있다.

저기 있네! 내가 말한 고양이.

은유가 맞은편에 앉으며 턱짓으로 주차장을 가리킨다. 바위섬 쪽에서 낚싯대를 든 남자가 해변으로 걸어오고 있다.

낚시꾼인데 고양이가 어딨어?

트럭 밑으로 들어갔어.

은유의 얼굴이 꽃처럼 활짝 피어난다.

근데 정장에 화장까지 하시고 저녁에 누구랑 약속?

동네가 좁아서 부스스하게 다니면 금방 소문나.

계장님 약속?

아직 진전된 거 없다니까. 나보다 계장님이 더 조심해. 우린 따로 만나는 시간 별로 없어. 한 달에 한 번 정도 회식하느라 직원끼리 술 마시고 노래방 가는데 사람들 앞에서 계장님이 나랑 잘 맞는데.

지능적이네. 공개 석상에서 선포식? 뭐가 잘 맞지?

일이나 서로 다른 성격, 그런 거지 뭐. 난 감정 표현에 서툴지만, 계장님은 솔직해. 나보고 하고 싶은 거 다 하고 누구든 만나보래.

카운터 청년이 쟁반을 들고 계단을 올라온다. 탁자에 레몬티와 아이스 카페모카를 내려놓고 쿵쿵 나무 계단을 내려가는 청년을 보다가 눈길을 거둔다.

누구든 만나보라고? 뭐지?

심플한 거지. 내 선택을 존중해주니까.

맨해튼 카페에서 커피 뽑던 남자 기억나? 너 그런 남자 스타일 멋있다고 두 번이나 커피 마시러 가자고 했잖아. 비슷한 또래가 좋지 않아?

또래나 한두 살 차이 나는 남자는 감정이 안 생겨.

창밖을 보던 은유는 카페모카를 빨대로 호로록거리며 나를 곁눈질한다.

시부모님들만 크게 이상하지 않으면 결혼하고 싶어. 친구들은 명절 되면 집에 가고 친척들과 모여 즐겁게 지낸대…. 순간, 은유가 외롭다는 것을 감지했다. 커다란 돌덩이가 내려앉으면서 가슴이 아려왔다.

은유가 창가에 놓인 선인장으로 눈길을 돌린다. 가시에 찔리면서 살아가야 하는 이 순환고리가 안타깝고도 슬펐다. 은유가 고립되어 지냈다는 생각에 나는 너무나 미안했다. 유자는 시내에서 의류 편집숍을 열어 단골 장사를 했다. 동생이 동대문 도매시장에 옷을 떼러 다니면서 제부는 단란주점을 드나들었다. 나는 인천공항 수화물 컨베이어 벨트 앞에서 여행 가방을 기다리다가 제부로부터 유자의 장례를 치렀다는 소식을 들었다.

어쩌면 그 단란주점 여자가 연루되어 제부가 공모해 유자를 타살했는지 모른다는 예감을 떨칠 수가 없었다. 멘붕. 별의별 생각으로 머리가 포화상태가 됐다. 동대문시장에 물건 떼러 간 동생이 오대산에서 발견됐다고 했다. 경찰이 실족사로 사건을 종결하자 제부는 사건을 덮었다. 처형과는 통화가 어려웠다는 핑계를 댔다. 나는 천벌을 받을 거라는 말을 차마 할수가 없었다. 절에 올라가던 길에 발을 헛디뎌 추락사라니. 의혹은 커져만 갔다. 동생은 불자도 아니었다. 뒤늦게 경찰서와 월정사를 찾아갔다. 물증은 하나도 없었다. 요양보호사가 갑자기 주말에 당번을 펑크 내면 나는 제부에게 엄마를 부탁해야 했다. 제부가 재혼하던 날. 은유와 나는 예술의 전당에서 '샤갈 특별전'을 보았다. 제부는 바닷가 언덕 여자 집으로 은유를 데리고 가면서도 통보만 해왔다.

은유가 테이블 위를 드르륵 기어가는 아이폰을 집어 든다.

봉덕산 해수욕장이라니까. 커피숍 하나밖에 없다고 했잖아.

은유가 아이폰을 탁자 위에 엎어 놓는다.

누구야?

아빠. 딸기 사서 외갓집 갔다가 우리가 없으니까 전화했나 봐.

지금 온대?

어젯밤에 술 마셨는데 덜 깼대. 원래 제도권 이탈이잖아. 눈치도 없고. 며칠 전에 생일이라 낙지 보쌈 사준다니까 아줌마 데리고 나왔어. 생일날이 엄마 제일이잖아. 아줌마가 만든 음식 들고 아빠랑 엄마 산소에 가서 절하고. 웃기지 않아.

은유가 피식 웃으며 유리잔을 들어 빨대를 입에 문다. 이런 아이러니를 헤쳐나가고 있는 은유를 볼 때면 미칠 것 같았다. 하나라도 미치지 않고 살고 있는 게 천만다행이라고 생각해야 하나. 먹먹해진다. 유자의 산소에서 꽃다발을 찍어 보낸 은유. 가슴이 아프다는 답장만 보내고 아무것도 해줄 수 있는 게 없다는 자체가 슬픈 일이라고,

이모, 아빠 차 왔어.

흰색 랜드로버가 해수욕장 주차장에 멈춰 선다. 운전석 문이 열리며 짧은 머리에 군복 얼룩무늬 파카 차림의 제부가 카페를 올려다본다.

은유가 안쪽 의자를 끌어 통로 쪽으로 옮긴다.

제부가 이층으로 올라오며 인사한다. 나는 고개만 까딱했다. 은유가 계단으로 내려가 주문한다. 제부가 큰소리로 말했다. 난 아이스 레몬티!

나는 수평선만 보았다. 바다만 보이고 구름만 보이고 사람은 보이지 않았다.

애들이 무슨 생각을 하는지 대화는 하고 살아요?

머리가 굵어져 말을 안 듣는데 어째요. 이모는 따르잖소.

딸기는 왜 사요.

나는 애써 감정을 누른다. 제부는 철마다 제철 과일을 평상에 놓고 가거나 배낚시로 잡은 생선을 냉장고에 넣어 놓고 문자를 보냈다.

요즘 제철이잖소. 안에 두려다 장모님 깰까 봐 평상에 두고 왔어요.

봉덕산으로 이어진 나무 데크로 배낭을 멘 여자가 걸어간다. 균형을 잡으려는 듯 양팔을 펼친다. 다리 건너 바닷가 솔

숲에는 후배가 산다. 반평생을 무역업으로 세계를 떠돈 후배
는 은퇴 후 솔밭에 북카페를 열겠다고 했다. 화력발전소가 들
어서면서 그 계획도 접었다.

제부가 빨대로 쭈욱 레몬티를 들이켜고 일어선다. 바다 쪽
창가에 앉았던 오십 대 두 여자가 핸드백을 챙긴다.

금방 갈 걸 왜 온 거야. 아빠는 진짜.

여자들이 떠난 바다 쪽 창가로 잔을 옮기며 은유가 투덜거
린다. 나는 남은 레몬티를 들고 은유 옆에 앉는다.

군함이 수평선 끝에서 가물거리다가 수평선 너머로 훌쩍 넘
어가 흔적도 없이 사라졌다. 햇살에 반짝거리는 바다는 삼등
분이다. 하늘과 맞닿은 수평선. 에메랄드 바다. 카스텔라색
해변. 삼등분 사이로 검정고양이 한 마리가 주차장으로 올라
선다.

카오슨가 뭔가. 그 고양이야?

먼바다를 보던 은유가 어, 대답한다. 멀리 층층 구름 사이로
옥빛 하늘이 언뜻언뜻 드러나다 잿빛 구름에 가려진다.

너 어릴 때 종일 방안에 틀어박혀 스케치북에 동물 그린 거
생각나. 사자와 개를 그렸는데 털이 한 올 한 올 살아 있었어.
얼마나 지우고 그렸는지 지우개 똥이 쌓이니까 손가락으로 뭉
쳐서 가지고 놀았는데 이제 만화는 잊어버린 거야? 랩으로 싼

일본 만화책 사서 읽다가 도쿄에 미소라멘 먹으러 가고 싶다더니.

강물이 여러 갈래로 흘러들어 만들어진 사구. 민물이 천천히 바다로 빠져나가고 있다. 파도는 한 번도 일어서지 않는다. 고양이는 육지와 바다 경계에서 어슬렁거린다. 태양이 구름과 술래잡기하는 오후 사시 오시 사이.

여고를 졸업한 스무 살. 강릉 넘버 나인 음악감상실에 가려고 엄마한테 차비 좀 달라니까 주지 않아서 파도를 보러 바다에 갔다. 바다는 지금처럼 거짓말처럼 평화로웠다. 내 안에만 껄끄러움이 쌓여갔던 유년의 시간. 바다는 백 년 후에도 지금처럼 파도만 들락거릴 뿐 자유와 평화의 대지일 것이다. 바다도 대지다. 땅 위에 소금물만 가득 고여 있는.

이모는 좋아하는 사람이 담배 피우면 뭐라고 할 거야?

갑자기 은유가 내 생각을 자르며 돌아본다. 마스카라로 올린 속눈썹이 낯설다.

건강에 해로우니까 피우지 말라고 하겠지.

난 계장님한테 담배 피우는 게 멋있다고 했어. 내 스타일대로 갈 거야.

니 스타일대로? 그건, 당연히 그렇지만.

할 수 없어. 이모는 고양이가 왜 매일 몸단장하는지 알아?

차에 치여 죽는 확률보다 그루밍 하다가 헤어볼을 삼켜서 뱃속에 들어간 털 때문에 죽을 확률이 더 높아서래. 그런데도 매일 제 몸을 단장하잖아. 잡지에서 본 건데 미국 어느 요양병원에 사는 열두 살 고양이가 환자들의 죽음을 예측한대. 우리 몸의 케톤이란 물질에 반응하기 때문이래. 케톤은 죽어가는 세포나 굶주린 상태에서 방출되는 냄샌데 이 냄새를 맡은 오스카가 먼저 간파하고 호스피스처럼 죽어가는 노인들 곁을 지켜준대. 그때마다 노인들이 고맙다고 쓰다듬고 칭찬해 주니까 파블로프의 개처럼 오스카가 노인들의 마지막 길을 지키는 거래.

고양이와 인간은 달라.

그들도 생명체야. 혹등고래는 초음파로 몇 킬로미터나 떨어진 친구와 대화한대. 고래가 자기 생각을 공유한다기에 '해수의 아이' 일본 만화 보고 바다로 갔는데 횟집 수족관에 물고기들이 갇혀 있어서 속상했어. 난 그런 인간인 걸 어떡해. 솔직히 공무원 그만두고 일본 가고 싶었는데 계장님 만나면서 출근길이 기다려졌어.

그런 감정 잠깐이야. 엄마도 다들 결혼 반대했는데 고집을 꺾지 않았어.

또 지나간 얘기야. 아, 피곤해. 이모, 그만 집에 가자.

은유가 의자에서 일어나 쟁반을 들고 계단을 내려간다.

고양이 발자국인가?

해변으로 내려선 은유가 모래 위에 찍힌 발자국을 아이폰 카메라로 찰칵, 찍는다. 음수대로 다가가 수도꼭지를 돌리며 물이 안 나오네, 혼잣말한다. 결정적인 순간 딴전을 피우는 성격까지 똑 외탁이다. 동네가 두 동강이 난 걸 보고 속 끓이는 나와 다르다. 은유는 걱정하지 말라고 했다. 기다려진다는 건 정말 좋아한다는 거잖아. 머리가 지근거린다.

아반떼가 해수욕장 솔밭 쪽으로 빠져나간다. 느닷없이 수도꼭지를 왜 돌렸지. 주민들 민원? 생각을 추스르는 사이, 차가 농공단지로 접어든다.

후드득. 빗방울이 차창을 때린다. 은유가 전조등과 와이퍼를 켠다. 차는 굳게 닫힌 필자 언니 집 가게를 지나간다. 공무원이 되면서 작은 아파트로 이사한 은유의 집에 갈 생각에 나는 서두른다.

엄마 밥 차려주고 아파트로 갈게. 너랑 자고 KTX 타고 첫차로 서울 가면 돼.

은유는 듣는지 마는지 좁은 농로를 피해 차를 돌려 도로에 반듯이 정차시켰다.

청소 안 했어. 아빠한테 내일 새벽에 이모 터미널까지 태워

주라고 할게.

나를 집 앞에 내려놓고 아반떼는 쏜살같이 마을 길을 빠져나간다.

처마에 놓인 고양이 집을 들여다본다. 이불이 깔린 종이상자는 텅 비어 있다.

평상에 놓고 간 딸기 박스 비닐을 벗기자 달콤한 향이 확 퍼진다. 아이스박스를 싱크대에 올려놓고 서둘러 방으로 들어간다. 엄마가 덮은 이불이 조용히 오르내린다.

수돗물을 틀어 손을 씻고 수납장에서 접시를 꺼낸다. 흐르는 물에 딸기를 씻어 과도로 꼭지를 따 접시에 담다 말고 멈춘다. 냐아 오옹 ~

현관문을 열어젖힌다. 굵은 빗발이 처마로 들이친다. 흠뻑 비를 맞은 보리가 뜰로 올라선다. 냐아 오옹 ~

보리야, 어디 갔었어! 밥은 먹었어.

나는 허둥지둥 보리를 안아 수건으로 몸을 닦는다. 젖은 털 속에 뱃가죽이 밀가루 반죽처럼 흐물거린다. 배가 얼마나 고팠어. 밥을 한 공기 떠서 멸치에 비볐다. 보리를 안고 한 숟갈 떠먹였다. 멀리 빗속을 뚫고 차량이 어둠을 헤치고 도로를 지나간다. 쿠르르릉 타닥 치는 번갯불. 공중을 가로지른 철로가 모습을 드러낸다. 보리가 본능적으로 평상 밑으로 숨는다.

곧 지나갈 거야. 그래 모든 게 지나갈 거야.

보리는 벽 쪽에 앉아 몸을 떨며 다리를 쭉 뻗는다. 죽음의 냄새를 맡는다던 고양이.

차가운 비를 맞으며 제부의 선산에 누운 유자의 묘지와 대숲 너머 조상들이 묻힌 산소가 떠오른다. 지난가을에 심어 놓은 매화나무와 황금 측백나무는 잘 살아났을까, 하다가 선득해진 다. 천둥소리에 현관 센서에 자동으로 불이 들어온다.

도대체 유자야, 너, 어떻게 된 건지 진짜 모르겠어….

의문투성이. 수수께끼. 물음표가 수천 개 머리에 매달린다. 마당 벽등을 켠다.

추적추적 봄비가 마당 자갈을 적신다. 나는 뚫어져라 어둠 을 응시한다.

밤비에 젖어 드는 나무들 풀들. 들판과 낮은 기와집. 그냥 자연이다. 무거운 밤이다. 별도 달도 없는 어둠. 그래, 자연. 자연사. 연결고리를 조합한다. 우울한 적요다. 진짜 조용하다. 간밤에, 이 어두운 밤. 또 어딘가에서 사건 사고는 일어난다. 그냥.

물비린내가 거실까지 스며들었다. 엄마는 얼마나 버틸까.

거실로 들어서자 요양보호사가 식탁 유리 밑에 손 글씨로 빽빽하게 써 놓은 메모가 한눈에 들어온다.

〈어르신이 원하는 대로 해주세요!〉

의자에 앉아 찬찬히 읽어 내려간다.

다섯 칸을 나누어 음식. 손 닦기. 좋아하는 것. 싫어하는 것. 대화 요령이다. 달력 뒷면에 매직으로 또박또박 적혀 있다. 인간에 대한 최소한의 예의에 최대 귀를 기울이기! 그곳에 빨간 줄이 그어져 있다.

곤히 잠든 엄마를 확인하고 방문을 조용히 닫고 뜰로 나온다. 비는 잦아들었다. 평상에 앉는다. 보리는 뒷집으로 갔는지 보이지 않는다.

겨울밤. 눈이 올 때만 들리는 파도 소리가 들려온다. 큰 파도가 둥둥 북소리를 울리며 이곳으로 밀려오고 있다. 가슴을 쳤다. 저렇게 큰 파도 소리는 처음 듣는다. 쳐라, 파도야. 쳐라! 때려라! 파도야.

7

열대어

＊

땅거미가 내리면 어둠은 금방이었다. 낮의 열기와 활기는 어둠 속으로 가라앉고 네모난 창문마다 불빛들이 다투듯 켜졌다. 모든 사물이 정지된 느낌. 고요한 밤. 나는 빌라 지하 찻집으로 재빨리 스며들었다.

아침에는 준비할 게 많아 마감하면서 걸레질을 끝낸 지하로 내려가는 계단에는 락스 냄새가 옅게 풍겼다. 짧은 치마를 입은 여자들과 엄마가 떠올랐다. 어두침침한 계단은 엄마의 지칠 줄 모르는 잔신경과 여자들의 수고로움으로 언제나 반짝거렸다. 날카로운 구두굽 소리를 울리며 도시의 어둠 속으로 사라진 그녀들은 이제 깊은 휴식을 취하고 있을 것이다.

나는 열여섯 개의 지하 계단을 내려가 굳게 닫힌 철문 앞에 섰다. 갈증이 몰려왔다. 어서 오십시오. 철문에 내걸린 간판의 붉은 글씨가 흔들리는 손전등 불빛 속에서 낄낄 웃고 있었다.

숨을 죽인 채 진땀이 나는 손으로 문을 땄다. 처음이 아닌데도 '어서 오십시오'라는 안내문은 언제나 낯설었다. 나만의 은밀한 행동을 누군가에게 들켜버린 듯한. 그러나 철컥, 문이 열리며 조바심도 물러났다.

철문 안에는 또 한 개의 문이 있었다. 사람들이 드나들 때마다 유연하게 열리며 동시에 땡그랑 투명한 종소리를 내는 문. 종소리만큼이나 경쾌하게 내뱉던 여자들 목소리. 어서 오세요오. 안녕히 가세요오. 긴 파마머리에 비슷비슷한 향기가 나는 그녀들. 종소리에 언제나 생글생글 방울토마토 같은 미소로 손님을 맞이하던 화사한 여자들이 떠올랐다.

나는 어둑한 찻집으로 들어서며 너 혼자니? 하고 어둠을 향해 물었다. 대답이 있을 리 없었다. 열두 살. 유일한 나만의 공간. 조금도 서두를 필요가 없었다. 그러나 나는 무엇에 쫓기듯 늘 허둥거렸다.

입구에 놓인 화분을 끌어다 안쪽 유리문이 닫히지 않도록 고정하고 습관처럼 귀를 기울였다. 바닥 등을 켜놓은 어슴푸레한 실내. 두 대의 냉장고에서 웅웅거리는 소리가 확성기처럼 울렸다. 그 잡음은 지하실 특유의 텁텁한 공기에 섞여 나를 긴장시켰다. 나는 출입문을 안쪽에서 잠갔다. 무거운 공기 속에 커피의 잔향이 떠돌았다. 남자들의 체취와 담배 냄새와 여자들의 특별한 색조 화장품과 향수 냄새….

서둘러 주방으로 들어가 카운터 아래 오디오 뒤쪽에 부착된 여러 개의 스위치를 더듬어 불을 켰다. 간판 환풍기, 주방 형광등, 카운터 바닥등. 촘촘하게 붙은 스위치에는 엄마가 일일이 견출지에 써붙인 글씨가 내 머릿속에 순서대로 입력되어 있었다. 토요일 새벽 나는 몰래 나비의 간판등을 켜둔 채 일요일 아침 엄마가 출근하는 길에 따라나서 열대어를 구경하는 척 눈치를 살폈다. 엄마가 밤새 간판등에 불을 켜둔 이유를 따지지 않을까 하고. 그러나 엄마는 한마디 말이 없었다. 사흘 뒤 나는 실내등을 환히 켜두고 등굣길에 나비로 갔다. 그날은 엄마보다 주방 언니가 일찍 출근해 나의 계획은 또 실패로 돌아갔다. 불을 켬과 끔 정도로 엄마의 관심을 끌 수 없다는 걸 알고부터 나의 계획은 대담해지기 시작했다.

스위치 위쪽에 요금표가 있고 그 위에 허가증이 액자에 걸려 있었다. '대표자 정숙희. 1962년 12월 25일생. 식품위생법 제22조 제1항 및 동법시행규칙 제22의 규정에 의하여 식품 (접객) 영업을 허가합니다.'

주방등을 켜자 주방에 고여 있던 어둠이 화들짝 물러나며 정갈한 유리잔들이 반짝거렸다. 카운터 안쪽 진열장에 질서정연하게 놓인 유리잔과 하얀 컵. 다양한 종류의 차봉지들. 맑은 유리잔을 보자 가벼운 전율이 일어났다. 홀의 푸르스름한 불빛에 드러난 열두 개의 탁자와 검은 소파. 군데군데 진열된 플라스틱 백합 화분. 홀 중앙에는 쉼 없이 물방울을 만들어내는 대형 수족관이 놓여 있었다.

나는 홀 안쪽으로 살금살금 걸어갔다. 수족관 형광등을 켜고 소파에 털썩 주저앉았다. 수족관의 플라스틱 녹색 넝쿨 속에서 물방울들이 뽀글뽀글 올라오고 있었다. 7번 테이블. 자잘한 들꽃 무늬가 찍힌 탁자보. 그 위에 놓인 원뿔형 사기그릇 뚜껑을 열었다. 갈색 설탕의 달콤한 냄새가 코끝을 간질였다. 나는 손가락에 침을 발라 설탕을 찍어 먹고 뚜껑을 닫았다.

주방 옆에 나란히 선 냉장고를 지나 방으로 들어갔다. 형광등을 켜자 방안은 어질러진 상태 그대로였다. 문 앞에 함부로 놓인 대형 분말커피 봉지와 유리병에 든 유자차와 녹차 티백 박스와 종이컵. 안쪽 구석에 밀어 놓은 이불과 못에 걸린 화려한 옷들 위에 덧걸린 옷들. 화장대에 널브러진 수십 종의 알록달록한 화장품. 사기 재떨이에 수북이 담긴 담배꽁초. 서랍 속은 더 난잡했다. 찢긴 생리대 봉지와 뚜껑이 미끈둥한 헤어크림 통. 드라이기와 머리카락이 뒤엉킨 헤어브러시. 속이 메슥거려 서랍을 닫아버렸다. 반짝거리는 지하 계단과 다르게 안 보이는 곳은 언제나 어지럽혀져 있었다. 그러나 방안 물건들은 내게 호기심을 갖게 했다.

망사에 흰 구슬이 박힌 치마를 입은 서양 언니. 짧은 가죽 치마를 즐겨 입는 박양 언니는 번갈아 방에 들어와 담배를 푸 푸 태우거나, 마스카라 솔로 속눈썹을 추켜올리거나 립스틱을 정성스레 바르고 홀로 나갔다. 나는 뚜껑이 열린 립스틱 꽁무 니를 돌리고 손거울을 들었다. 입을 오므리고 입술에 발랐다. 티슈를 뽑아 입술에 물었다 떼어냈다. 말라버린 마스카라 솔 로 속눈썹을 올리고 벽에 걸린 하늘거리는 치마를 입었다. 굽 높은 구두를 신자 넘어질 듯 걸음이 비틀거렸다. 카운터를 짚 으며 주방으로 들어가 냉장고에서 콜라를 꺼내 병째 들고 꿀 꺽꿀꺽 마셨다. 갈증은 여전했다.

나는 비틀비틀 홀로 걸어가 의자에 앉아 습관처럼 아마존수 족관 간판을 보고 외운 전화번호를 눌렀다. 252-9292. 너무 자주 걸어 어느새 익숙해져 버린 번호. 뚜우우- 뚜우- 신호 음이 울렸지만, 전화 받는 사람은 없었다. 그러나 나는 송수화 기에 대고 말했다.

아줌마, 안녕하세요. 저 세영이예요. 어디냐구요. 엄마 가 게 나비에 왔어요. 그럼요 혼자죠. 다들 벌써 퇴근했어요. 아 줌마는 뭐 하세요? 오늘도 디스커스가 죽었어요? 잠이 안 온 다고요. 저도 그래요. 아줌마랑 얘기하고 싶어요. 여보세요.

제 얘기 듣고 있어요….

신호음 소리에 나는 수화기를 놓고 일어나 천천히 수족관 쪽으로 걸어갔다. 수족관 옆 테이블에 앉아 열대어를 보다가 유리에 볼을 대보았다. 차가운 감촉이 상쾌했다.

나는 몸을 일으켜 탁자로 올라가 수족관 속으로 두 팔을 밀어 넣었다. 파문이 일며 물비린내가 올라왔다. 잽싸게 손아귀 사이를 빠져나가는 작은 놈들에게 지칠 때쯤 간신히 한 놈을 건져 올릴 수 있었다. 꼬리를 흔드는 놈의 바동거림에 전율이 일었다. 수많은 열대어들이 유영하던 아마존수족관이 떠올랐다.

엄마가 아마존수족관으로 나를 데려간 것은 그 젊은 남자를 만나기 열흘 전이었다. 열대어를 좋아하는 엄마는 내 손을 잡고 찻집 수족관에 넣을 열대어를 사러 갔다. 아마존수족관 문을 밀고 들어간 엄마는 내게 찡긋 눈짓을 보내며 세영아, 어떤 게 예뻐. 엄마랑 함께 골라볼래, 다정하게 말했다.

엄마가 열대어를 고르면 나는 합격 불합격을 내렸다. 온통 새까만 금붕어나 얼룩무늬가 있는 오란다 같은 커다란 금붕어는 징그러워서 불합격을 내릴 수밖에 없었다. 수족관 맞은편 벽에는 열대어 사진과 함께 이름이 붙어 있었다. 엄마와 나는 다섯 종류의 열대어를 골랐다.

붉은빛의 모삼비카. 은빛 바탕에 까만 줄무늬가 대조를 이룬 블랙 테트라. 어둡고 희미한 조명 아래서 보면 분홍색 줄무늬가 더 선명한 글로우 라이트. 미키마우스처럼 꼬리를 가진 블루 플래티. 새빨간 레드 플래티. 엄마와 내가 열대어를 고르자 수족관 아줌마가 가만히 나를 바라보았다. 메마른 입술에 얼굴이 창백해 어딘가 아픈 사람처럼 보였다. 내가 아줌마를 빤히 쳐다보자 그녀는 서둘러 열대어를 비닐에 넣고 물을 채워 탱탱한 비닐봉지를 앞으로 내밀었다. 몇 마리 더 넣었어요. 비닐봉지를 건네는 손이 슬퍼 보였다.

집으로 돌아온 엄마와 나는 그날 수족관을 깨끗이 청소했다. 엄마가 수세미로 수족관 유리에 낀 물때를 닦는 동안 나는 자갈이나 돌에 낀 물때를 씻어냈다. 플라스틱 바가지 안의 열대어들은 산소 부족을 이겨보려는 듯 물 위로 아가미를 뻐금거렸다. 그 모습이 안타까워 나는 바가지 앞에 앉아 얘들아, 조금만 참아. 응. 금방 물에 넣어줄게. 하고 열대어들에게 속삭였다. 나는 깨끗한 수족관에 열대어를 풀어놓을 때가 좋았다. 물을 벗어나 가쁘게 숨을 내쉬던 열대어들은 넓은 수족관에서 자유롭게 헤엄쳤다. 학교에서도 나는 수족관 물고기들과 대화하는 상상에 빠져들곤 했다. 물고기들의 자유로운 유영과 방울방울 피어오르는 크고 작은 물방울. 나도 공기처럼 몸이 가벼워져 둥실 떠오르는 것 같았다. 그러나 꽁지머리 남자가 우리 집으로 오고부터 나는 찻집의 열대어에 관심을 잃어 갔다. 대신 학교에서 돌아오는 길에 수족관을 찾아갔다.

아마존수족관은 나비가 있는 길 건너 시장으로 들어가는 길목에 있었다. 아줌마는 수족관에서 유영하는 크고 작은 열대어들을 돌보고 있었다. 풍덩한 베이지색 원피스. 오래 손질하지 않은 듯 부스스한 파마머리. 목이 긴 그녀는 등받이 없는 의자에 앉아 초점 없는 눈으로 넋이 나간 듯 수족관만 하염없이 바라보았다. 내가 다가가도 그녀는 나를 알아보지 못했다. 말없이 앉았던 그녀는 무료함을 달래기라도 하듯 의자에서 일어나 수족관 유리 벽면을 따라 손가락을 거슬러 올라갔다. 그것은 마치 게가 모래 위를 기어가거나 발끝으로 걷는 발레 동작처럼 신비로웠다. 가느다란 손가락이 느릿느릿 움직일 때 수초를 흔들며 지나가는 열대어들이 춤을 추는 듯 황홀했다.

그녀의 손이 수족관 위쪽으로 올라갈수록 물방울들이 급격하게 피어오르며 수족관 속은 술렁이기 시작했다. 소리 없이 유영하던 잉어들이 유연한 흐름을 멈추고 서로 몸이 뒤엉키며 한 방향으로 몰려갔다. 현란한 색상의 수백 마리 비단잉어는 마치 누가 부르기라도 하듯 우우 그녀의 손가락으로 몰려들었다. 순간 나는 물방울이 그녀의 얼굴과 내 얼굴 위로 후드득 떨어지는 차가움을 느꼈다. 한꺼번에 몰려든 잉어들은 떼로 몰려들어 퍼덕거림을 좀체 포기하려 하지 않았다. 살찐 몸통을 물 위로 드러내거나 양파 뿌리 같은 수염을 드러낸 채 주둥이를 동그랗게 벌린 놈. 눈부신 꼬리를 흔드는 놈….

그녀는 지루함을 달래기라도 하듯 한 손에 들고 있던 원통형에서 작고 까만 알갱이를 한 줌 끄집어냈다. 붉은 통에는 Tetra Pond 영어 글씨가 씌어져 있었다. 허공으로 튀어 오르는 물보라와 잉어 무리의 퍼덕거림이 눈이 부시도록 찬란했다. 출입문에서 안쪽을 들여다보던 나는 그녀와 눈이 마주쳤다. 그러나 그뿐이다. 그녀는 이내 고개를 돌리고 누군가에게 조종당하듯 천천히 잉어에게 먹이를 주었다. 나는 수족관 앞으로 한발 다가가 그녀의 행동을 지켜보았다. 어쩐지 그녀가 내게 먼저 말을 걸어올 것만 같았다. 청바지를 입은 키가 큰 남자가 나를 밀치며 유리문을 열고 안쪽으로 들어갔다.

수족관에 넣을 물레방아가 필요한데 적당한 게 있을까요?

남자의 말에 수족관 아줌마가 고개를 저으며 대꾸했다. 보다시피 살아있는 것뿐이죠. 애들이나 좀 사가세요.

문을 열고 나오는 남자의 등 뒤로 벽을 따라 천장까지 질서정연하게 쟁여진 수족관이 눈에 들어왔다. 끊임없이 물방울을 만들어내고 있는 크고 작은 수족관에는 모래와 인공 수초와 온갖 종류의 열대어들이 유영하고 있었다.

나는 한동안 수족관 아줌마와 열대어를 바라보다가 어둠이 내리는 거리를 터벅터벅 걸어 집으로 돌아왔다. 불 꺼진 빈집은 오랫동안 비워둔 것처럼 썰렁했다.

이튿날, 내가 엄마를 본 것은 학교에서 돌아오던 길이었다. 막 나비로 향하던 나는 입구에서 돌아서는 엄마를 보았다. 사월이라고 하지만 꽃샘추위 때문에 쌀쌀했다. 그러나 엄마는 연분홍색 하늘거리는 원피스를 입고 있었다. 짧은 주름치마 밑으로 드러난 다리가 추워 보였다. 엄마를 부르려던 나는 멈칫 서고 말았다.

양복 차림의 노신사가 저만치에서 엄마에게 손을 흔들며 경중경중 다가섰다. 엄마가 돌아서 핸드백에서 손거울을 꺼내 얼굴을 살피고 입술을 옴죽거린 뒤 가슴 위로 올라간 블라우스 앞자락을 잡아당겨 가슴이 살짝 드러나게 했다.

엄마 앞으로 다가선 노신사가 엄마에게 손을 내밀었다. 엄마가 손을 빼는 척했다. 왜 그러셔? 며칠 안 왔다고 그새 삐졌나. 느물거리는 노신사의 입에서 금니가 반짝였다. 삐치긴 누가 삐쳤다 그래요, 하도 오랜만이라 그렇지. 대체 어딜 다니시다 이제야 걸음이세요. 엄마가 토라진 듯 입을 샐쭉거렸다. 허, 날 기다리긴 했나 보네. 그럼 가볼까. 노신사가 양복 주머니를 뒤지더니 무언가를 꺼냈다. 손에 지폐가 들려 있었다. 지폐는 곧 엄마의 가슴속으로 들어갔다. 엄마가 서둘러 주변을 살피며 노신사 뒤를 따라갔다.

나는 엄마 뒤를 미행했다. 좁은 골목 안으로 들어간 두 사람은 조은여관 입구로 사라졌다. 한참 뒤 조은여관을 나온 엄마는 아무 일 없었다는 듯이 상기된 얼굴로 나비로 종종걸음쳤다. 골목을 빠져나온 엄마 앞에 어디서 나타났는지 오토바이한 대가 멈추며 앞을 가로막았다.

타요! 젊은 남자는 여자처럼 꽁지머리를 하고 있었다. 엄마가 주먹 쥔 손으로 남자의 등을 콩콩 쳤고, 남자가 엄마의 허리를 와락 당겨 안았다. 엄마와 남자는 입을 맞췄다. 나는 전봇대 뒤에 몸을 감추고 그 모습을 지켜보았다. 이상하게 낯설어 보이는 엄마와 몸이 호리호리한 남자의 꽁지머리를.

그날 오후 나는 아마존수족관을 찾아갔다. 내가 문을 밀고 들어서자 수족관에서 뜰채로 죽은 열대어를 건지고 있던 아줌마가 돌아보았다. 안은 후덥지근했다. 보글거리는 물방울 소리가 나를 다른 세계로 데려가는 듯 긴장이 풀렸다.

저, 아줌마, 여기서 열대어 구경 좀 해도 돼요?

나는 물기로 젖은 바닥을 내려다보며 그녀의 곁으로 다가갔다. 그녀가 나를 보며 어색하게 미소 지었다. 그녀가 건져낸

물이 뚝뚝 떨어지는 뜰채에는 죽은 열대어가 젖은 휴지처럼 흐늘거리고 있었다.

잊지 않고 꼬박꼬박 먹이를 주는데도 죽은 동료를 먹어 치워. 끔찍해. 잠이 안 와. 내가 한눈을 팔기만 하면 열대어들이 서로를 잡아먹어.

아줌마가 뜰채에 담긴 죽은 열대어를 익숙한 손놀림으로 휴지통에 버리며 쓸쓸하게 말했다. 그녀의 한숨 섞인 목소리가 끊임없이 이어지는 보글거리는 물소리 속으로 가라앉았다.

왜 그래, 힘이 없어 보이네. 일루 좀 앉아.

아줌마가 안쪽에 놓인 낡은 소파로 내 손목을 이끌었다. 자주 여기 오던데. 몇 학년이야? 그녀가 물었다.

오 학년이에요.

아직 어리구나. 오 학년치곤 키가 커서 중학생인 줄 알았어. 아줌마가 나를 처음으로 가만히 바라보았다. 그 눈이 어쩐지 오래전 나를 보던 엄마의 눈과 닮아 있었다.

이런 떨고 있네.

그녀가 내 손을 잡았다. 오늘은 손이 슬퍼 보이지 않고 따뜻했다.

안쪽 나무문으로 사라진 아줌마는 곧 김이 모락모락 나는 우유를 들고 나왔다.

이걸 마셔 봐. 몸이 한결 나아질 거야.

그녀가 내 앞으로 우유 잔을 내밀었다.

남편이 마시다 둔 시바스리갈이야.

그녀는 밖을 내다보며 술을 마셨다. 창밖으로 소리 없이 어둠이 내리고 있었다.

셔터를 내리고 아줌마는 구석진 방으로 나를 데려갔다. 그곳은 밖에서 보던 것과 달리 넓었지만 아늑했다. 방으로 들어간 나는 반듯한 책꽂이 위에 놓인 은빛 트로피와 상패를 보았다. 책꽂이에는 열대어에 관한 책들이 빼곡히 꽂혀 있었다. 나는 오랜만에 깊은 잠에 빠져들었다.

어느결에 잠이 들었는지 모른다. 나는 뜨거운 손길을 느끼고 잠에서 깨어났다. 캄캄한 어둠이 가슴을 짓눌렀다. 아니 그것은 아줌마의 손이었다. 아줌마가 나를 끌어안으며 숨을 몰아쉬었다.

이렇게는 살 수 없어. 밤마다 열대어들이 떼지어 달려드는 꿈을 꿔. 자고 일어나면 열대어들이 죽어 있어. 그이가 있을 땐 디스커스도 죽지 않았어.

디스커스가 뭐예요?

뜨거운 손을 잡으며 묻는 내 말에 그녀가 가볍게 한숨을 쉬었다.

열대어의 왕이야. 디스커스는 아마존에 서식하는 관상어야. 그이는 한국 디스커스 경연대회에서 최우수상을 받고 이 가게를 디스커스 어장으로 넓히려고 했어. 얼마 전까지만 해도 나는 디스커스 부화에만 열을 올리는 남편을 이해하지 못했어. 남편과 축하주로 시바스리갈을 함께 마셨는데 사고를 당했어. 남편의 장례를 치르고 나서야 그가 관상어를 좋아한다는 걸 알았어.

아줌마의 목소리에는 울음이 배어 있었다.

아저씨가 왜 사고를 당했어요?

나는 그녀의 손을 잡았다. 아줌마가 내 손을 자신의 배로 끌어당겼다.

지하철 가스 폭발 때 남편과 첫째 애를 잃었어…. 우리 진영이, 세 살밖에 안 된 애한테 코끼릴 보여준다고 동물원에 가던 길이었어. 대체 나한테 왜 이런 일이…. 도시가 이렇게 허술해도 되는 건가. 수족관 물소리에도 가스가 새는 줄 알고 밤중에 놀라서 깨어나.

나는 가만히 아줌마의 어깨를 안았다. 그녀가 내 손을 당겨 자신의 배에 올려놓았다.

만져 봐. 둘째를 가졌어.

그녀가 말했다. 아줌마의 배는 공처럼 탄탄했고 올리브유를 바른 듯 매끄러웠다.

아빠가 살아계셨을 때만 해도 엄마는 내게 다정한 엄마였다. 아빠가 돌아가신 뒤 엄마는 자주 나를 꼭 껴안고 훌쩍거렸다. 세영아, 네가 없었다면 이 엄만 못 살아. 넌 절대로 절대로 엄마를 떠나선 안 돼. 내겐 이제 너뿐이야. 내 착한 새야.

엄마는 나를 착한 새라고 불렀다. 나를 조숙한 아이라고 하면서 때때로 착한 새라고 부르는 엄마를 보면 눈물이 날 것 같았다. 나는 일기장에 연필을 꾹꾹 눌러 썼다. 엄마 걱정하지마. 세영이가 항상 엄마 곁에 있으면 되니까. 아빠의 몫까지 온 힘을 다해서 꼭꼭 엄마를 지킬 거야.

아빠가 돌아가신 뒤 한동안 나는 엄마와 행복하게 지냈다. 그 젊은 남자가 오기 전 나는 침대에서 엄마랑 함께 자고 엄마는 내 손을 잡고 학교까지 바래다주었다. 일요일에는 나를 백화점에 데려가기도 했다. 외출을 앞두고 화장대 앞에서 엄마가 화장하면 방안이 환해지는 것 같았다. 갸름한 얼굴에 사슴처럼 커다란 눈과 긴 속눈썹. 도톰한 입술. 엄마의 옆모습은 아름다운 여배우 같았다. 긴 머리를 빗어 올려 입에 문 실핀을 하나씩 빼 목덜미 쪽 머리카락에 꽂고, 물방울 모양의 진주 귀고리를 달고 양쪽 귀밑머리를 살짝 뽑아내 자연스레 흘러내리게 했다. 목과 손목에 살짝 향수를 뿌린 엄마의 몸에서는 꽃향기가 났다. 나는 가슴이 뛰었다. 엄마가 내 손을 잡고 거리로 나가면 길 가던 사람들이 우리를 아니 엄마를 힐끔힐끔 쳐다보았다.

아빠가 계셨을 때 엄마는 화장을 별로 하지 않았고 곱상한 얼굴에 옷도 수더분하게 입었다. 아빠의 끊임없는 간섭과 의심을 엄마는 피곤해했다. 엄마가 변하기 시작한 것은 나비다방을 내면서부터였다. 엄마가 찻집을 낸 것은 아빠가 돌아가신 다섯 달 뒤였다. 인근 다방에서 주방 일을 하던 엄마는 부동산을 하는 이모 소개로 서른다섯 평 아파트를 팔았다. 그리고 셋방을 얻고 집에서 가까운 지하 다방을 인수했다. 엄마는 주인이 싸게 내놓은 나비를 맡으면서 무척 힘들어했다. 밤 열시가 지나 퇴근한 엄마는 방바닥에 두 다리를 뻗치고 앉아 지친 목소리로 투덜거렸다.

이 동네엔 무슨 찻집이 그렇게 많은지. 여기서 물장사로 살아남으려면 벼라별 인간들한테 잘 보여야 한다니까. 까닥하면 손님들이 다른 데로 가버리니 밥을 먹다가도 손님이 오면 식구처럼 숟가락 하나를 더 얹어야 하니 원. 단골이라면서 경리도 안 뽑고 우리 보고 청소해달라는 인간들도 있다니까. 여자 혼자 사니까 우습게 보는 거지. 나쁜 놈들! 일요일도 쉬지 않고 일하는데 커피 한 잔 팔아주면서 생색은 오만상 낸다니까.

아가씨들은 이틀이 멀다 결근이야. 걔들이 안 나오면 내가 배달 다녀야 해. 이것 봐! 하도 뛰어다녀서 종아리가 통통 부었어. 발가락에 물집도 잡히고.

엄마의 푸념에 나는 슬며시 안티프라민과 밴드를 엄마 앞에 내밀었다. 그리고 엄마의 종아리를 조물조물 만져주었다. 엄마는 나를 꽉 껴안으며 나의 착한 새, 우리 귀염둥이 하며 내 볼에 거듭 입을 맞췄다. 그런 엄마가 날이 갈수록 변하고 있었다. 엄마의 화장은 날이 갈수록 짙어졌다. 옷도 나풀거리고 가슴이 패이고 치마는 짧아졌다.

한 달 전, 엄마가 은발의 신사와 여관에서 나오는 걸 본 나는 엄마에게 찻집을 하지 말라고 했다. 나는 엄마가 비디오 가게를 하거나 수족관 아줌마처럼 수족관을 하면 언니들이 안 나와도 걱정하지 않아도 되고 남자들 때문에 속상하지 않을 거라 하던 참이었다. 그러나 엄마는 내 말은 끝까지 듣지도 않고 바락 소리를 질렀다. 어린 게 쓸데없는 참견을 다 하는구나. 넌 아무 소리 말고 공부나 해! 나를 착한 새라고 부르던 엄마는 이젠 내게 새라고도 하지 않고 화만 냈다. 그리고 집에 들어오는 시간이 점점 늦어졌고, 밤늦게 엄마는 주로 젊은 남자와 함께 왔다.

엄마가 늦게 들어오는 날엔 나는 잠들기 전에 시계를 맞춰

놓고 알람 소리에 벌떡 깼다. 학교에 가려고 내가 눈을 비비며 엄마 방으로 가면 엄마는 침대 위에 곤히 잠들어 있었다. 방바닥에는 빈 맥주병과 휴지, 담배꽁초가 흩어져 있었다. 나는 얼굴이 부은 엄마를 내려다보다가 전기밥솥에서 밥을 퍼서 먹는 둥 마는 둥 학교에 갔다.

수업을 마치고 나는 엄마 방에서 화장하거나 비디오를 보면서 놀았다. 그러다 슬리퍼를 질질 끌고 낡은 주택들이 다닥다닥 붙은 골목길을 내려가 나비로 나가보았다. 엄마는 없었다. 아가씨들이 모두 나오는 날에는 엄마는 자주 찻집을 비웠다. 엄마가 없었지만 나는 곧장 나비를 나오지 않았다. 찻집은 놀이공원처럼 신기했다. 주방 언니한테 쫓겨날 때까지 나는 카운터에 앉아 엄마를 기다리거나 수족관의 열대어를 관찰했다. 찻집에서 바쁘게 일하는 언니들처럼 나도 예쁘게 꾸미고 싶었다. 그녀들의 몸에서는 엄마한테서 맡았던 꽃냄새가 났다. 그리고 찻집 가득 퍼지는 커피 향기…. 남자들이 가게 유리문을 열면 언니들이 어서 오세요오. 앵무새처럼 반복하며 손님을 맞이했다. 나는 주방 언니에게 떠밀려 나비를 나오면서 남몰래 욕을 하며 빨리 어른이 되고 싶었다.

나는 엄마의 관심을 끌기 위해 엄마의 물건을 감춘 적이 있었다. 진주 귀고리 한 짝을 주머니에 몰래 넣어 만지작거리며 엄마의 눈치를 살폈다. 엄마가 내게 세영아, 엄마 귀고리 못 봤어, 하고 물으면 내가 찾아 줄게 대답할 작정이었다. 그러나 엄마는 내게 물어보지도 않고 아휴 신경질 나. 이게 발이 달렸나 어딜 갔지. 까짓 새로 사지 뭐. 아무 일도 없었다는 듯 똑같은 걸 새로 샀다. 나는 더 이상 필요 없게 된 귀고리를 양말 속에 감추고 책상 서랍에 쑤셔 넣어버렸다.

아빠가 계셨을 때만 해도 엄마는 낭비벽이 심하지 않았다. 건축업을 하던 아빠가 친구와 동업하면서 사기를 당하자 엄마는 이모 일을 도와주며 아빠와 함께 빚을 갚아나갔다. 엄마는 아빠가 나쁜 기억을 잊고 다시 일어서길 바랐다. 아빠는 술을 사들고 퇴근했고 의심이 더 심해졌다. 일일이 엄마의 옷차림과 화장하는 것까지 간섭했다. 주방을 본다면서 웬 화장을 그렇게 진하게 하냐고 잔소리했다. 엄마밖에 모르던 자상한 아빠가 나는 안타까웠다. 나는 아빠가 하루빨리 술을 끊길 기도했다. 그전처럼 자신감 넘치는 얼굴로 출근했으면 했다. 퇴근할 때 피자 같은 거 안 사와도 좋겠다고 했다. 나는 아빠와 엄마가 행복하게만 지내길 바랐다.

나는 아빠 생신 때 편지를 썼다. 아빠, 우선 아빠의 마흔두 번째 생신을 축하드려요. 그리고 소원이 있는데 아빠와 엄마가 전처럼 사이좋게 지냈으면 좋겠어요. 엄마를 자꾸 의심하지 말고 술 좀 줄여 주시면 안 될까요. 엄마도 힘든데 아빠가 술을 마시면 더 힘들어지잖아요. 나는 편지와 함께 미술 시간에 그린 웃는 아빠의 초상화를 보여주었다. 그러나 아빠는 아무 말도 하지 않았다.

내가 아빠를 마지막으로 본 것은 아빠와 엄마가 심하게 다툰 어느 날 밤이었다. 왜 허구한 날 술을 마시고 사람을 못살게 굴어. 언제까지 정신 못 차리고 그럴 거야. 엄마의 말에 아빠는 왜 날 속여. 내가 당신 데리러 갔을 때 차 마시면서 시시덕거린 그놈은 누구야? 손님이 차를 사 준대서 마신 것뿐이라니까. 대체 무슨 생각을 하는 거야. 당신이 날 믿지 못하니까 나도 믿음이 사라지고 있어. 이게 내 탓이야? 엄마는 아빠를 달래지 않았다. 오히려 이 고생하는 게 누구 때문인데 사람을 못 믿고 가게까지 오냐고 소리를 질렀다. 다음날 집을 나간 아빠는 한 달이 지나 돌아왔다. 영광 객사라는 부음과 함께.

엄마가 늦게 들어오는 밤에는 나는 수족관 아줌마에게 전화를 걸었다.

아줌마, 거기 놀러 가도 돼요. 열대어들은 잘 있어요. 디스커스는 괜찮아요. 하며 내가 수다를 떠는 동안 수족관 아줌마는 가만히 듣고 있다가 힘겹다는 듯 말했다.

오늘 또 디스커스 세 마리가 죽었어. 그 원인을 알 수가 없어. 그녀의 한숨 소리가 송수화기를 타고 무겁게 들려왔다.

나는 잠결에 자주 수족관 아줌마와 열대어 꿈을 꾸었다. 자유롭게 헤엄치던 열대어가 셀로판지 같은 물결 위로 허옇게 배를 드러내고 죽어 있었다. 그날도 나는 수족관 아줌마에게 전화했다. 돌아오지 않는 엄마를 기다리며 영화를 보고 침대에서 뒤척이다 막 잠이 들었다. 나는 현관문이 요란하게 열리는 소리를 듣고 잠에서 깨어났다.

술에 취한 젊은 남자가 느닷없이 집에 들이닥친 것은 자정 무렵이었다. 내가 문을 열자 꽁지머리가 엎어질 듯 방안으로 쳐들어왔다. 남자가 눈을 부라리며 윽박질렀다. 야, 니 엄마 어디 갔어? 나는 남자의 다그침에 잠이 달아났다. 뒤로 한 발 물러서다가 발을 헛디뎌 몸이 비틀거렸다. 남자가 아프게 어깨를 잡아챘다.

바른대로 대! 정 마담 어디 갔어? 나는 입술을 깨물며 고개를 저었다. 여느 때보다 일찍 집으로 돌아온 나는 비디오 '양철북'에 푹 빠져 엄마는 잊어버렸다.

어디 갔는지 모른단 말이지. 자정이 넘도록 왜 안 들어와엉! 매일 이렇게 늦게 다니는 거야?

아저씨가 뭔데 밤중에 우리 집에 와서 이래욧!

그것은 전혀 뜻밖의 소리였다. 나는 깜짝 놀라 몸을 움츠렸다. 남자의 손이 내 귓불을 스치고 지나갔다. 볼이 화끈거렸다.

제길, 그 엄마에 그 딸년 아니랄까 봐.

창을 던지듯 말을 내뱉은 남자가 전화기를 방바닥에 내던졌다.

엄마가 돌아온 것은 그때였다. 남자가 엄마를 향해 라이온 킹처럼 달려들었다. 순간 나는 아파트가 떠나가도록 까악! 비명을 질렀다. '양철북'에 나오는 북 치는 소년처럼. 나는 내 고함 소리가 집안의 유리를 모두 깨트리길 바라면서 있는 힘을 다해 소리를 질렀다. 그러나 아무 일도 일어나지 않았다. 엄마가 남자의 따귀를 올려붙이고 내 방으로 손목을 잡아끌었다.

엄마는 젊은 남자와 다툰 이튿날 나를 이모 집으로 보냈다. 이모 집에서 일주일 만에 돌아온 나는 거의 방에서만 지냈다.

밤이면 나는 엄마와 젊은 남자가 현관문을 들어서는 소리를 들었다. 엄마와 남자의 웃음소리가 조용하던 집안을 활기차게 했다. 꽁지머리는 올 때마다 내 방문을 탕탕 두드렸다.

일루, 나와 봐! 아저씨가 선물 사왔어. 너한테 할 말이 있다고.

남자가 말했다. 그러나 나는 방에서 내다보지도 않았다. 한밤중에 집으로 쳐들어와 나를 때리며 엄마를 찾아내라고 하던 남자가 나는 무서웠다. 카세트 소리를 최대한 높이고 창밖을 보거나 침대 위에서 귀를 막고 뒹굴며 콧노래를 흥얼거렸다.

방문을 두드리던 소리마저 조용해지고 아무런 기척이 들리지 않으면 나는 수족관 아줌마에게 전화를 걸었다. 그러나 신호음만 갈 뿐 또 전화를 받지 않았다.

나는 학교에서 돌아오는 길에 수족관으로 찾아가 보았다. 그러나 수족관은 텅 비어 있었다. 여기 있던 수족관 어디 갔어요? 나는 감색 야구모를 쓴 남자 앞으로 다가갔다. 남자가 작업하던 손을 분주히 움직이며 귀찮다는 듯 대꾸했다.

우리가 어디로 갔는지 어떻게 알아.

누가 여기로 이사 와요?

나는 맥없이 물었다.

박씨, 자네는 아는가. 야구모가 청색 조끼를 입은 남자를 보며 빙긋거렸다.

나는 밤늦도록 수족관 앞을 서성거렸다. 천장까지 빽빽이 쌓여 있던 수족관이 떠올랐다. 모래와 수초의 하늘거림. 공기방울들이 보글보글 올라오던 수족관. 화려한 열대어들에게 천천히 먹이를 주던 아줌마의 가느다란 손가락. 그녀가 앉았던 의자와 낡은 소파. 아늑한 방도 아줌마도 열대어도 모든 게 사라져버렸다.

나는 오래오래 수족관을 들여다보았다. 이제 열대어가 세

마리만 남았다. 아마존수족관이 이사간 뒤 시작된 열대어 죽이기. 내가 밤마다 나비로 몰래 들어와 열대어를 죽이는 동안에도 아무런 일도 일어나지 않고 태양은 떠올랐다. 나비는 매일 문을 열었고 엄마는 젊은 남자와 밤늦게 들어와 술을 마시고 아무렇지도 않게 웃고 떠들었다.

나는 엄마가 집에 들어오면 인사를 하고 몰래 비상용 열쇠를 들고 대문을 나왔다. 열대어는 쉴 새 없이 아가미를 벌떡이고 있었다. 알 수 없는 살의. 문득 몸이 떨렸다. 공기가 갑갑하게 느껴졌다. 산소 부족을 이겨보려는 절박한 열대어. 아가미가 뻐끔거리는 것을 본 적이 있나요. 나는 어둠 속을 향해 나직이 말했다. 쥐 죽은 듯 고요했다.

신발을 벗고 소파에서 탁자 위로 올라섰다. 탁자 두 개를 붙여 그 위에 올려놓은 수족관은 생각보다 높았다. 나는 수족관 속으로 상체를 최대한 굽히고 두 팔을 집어넣었다. 물비린내가 역겨웠다. 기분이 나빴다. 손을 휘젓자 열대어들이 아슬아슬하게 손가락 사이로 빠져나갔다. 굽이치는 물살의 부드러움. 온몸에 느껴지는 감미로움. 열대어는 용용 죽겠지 하며 약을 올리듯 달아났다. 두 손을 빠르게 움직이자 후드득 물이 넘쳤다. 물은 내 티셔츠와 탁자와 소파를 적시며 바닥으로 흘러내렸다. 나는 손에 맥이 풀릴 때쯤 열대어 한 마리를 잡을 수 있었다.

 힘겹게 건져 올린 열대어를 탁자 위에 놓았다. 꽃무늬 식탁
보 위에서 열대어는 숨 가쁘게 아가미를 뻐끔거렸다. 오렌지색
붉은 비늘, 놀란 듯 부릅뜬 두 개의 눈알, 그 눈이 간절히 무엇
을 원하는 것처럼 보였다. 밤마다 열대어들이 떼 지어 달려드
는 꿈을 꿔. 아마존수족관 아줌마의 목소리가 들렸다. 아줌마
는 어딘가에서 조용히 태어날 생명을 기다리고 있을 것이다.

 나는 귀를 기울였다. 환청처럼 전기 모터가 돌아가는 소리
가 들렸다. 물에 빠진 듯 몸이 떨렸다. 젖은 두 팔로 팔짱을 꼈
다. 두려움이 몰려왔다. 나는 결코 열대어를 죽일 생각이 없었
다. 아마존수족관 아줌마가 이사 간 어느 날, 나비에서 수족관
을 들여다보다가 죽은 열대어 한 마리를 발견했다. 나는 카운
터에서 장부를 정리하는 엄마 앞으로 손바닥 안에 있는 죽은
열대어를 펼쳐 보였다. 엄마, 열대어가 죽었어. 나는 슬픔 때
문에 코맹맹이 소리로 말했다. 그러나 엄마는 나를 보지도 않
고 장부 위에 놓인 계산기를 토닥거리며 죽었으면 갖다 버려!
더러운 걸 왜 들고 다녀. 차갑게 말했다. 나는 엄마의 손을 잡
고 열대어를 사러 가고 싶었다.

 나는 서서히 죽어가는 열대어의 팔딱거리는 아가미를 보며
무엇을 확인하고 싶었던 걸까. 점점 멀어지는 엄마를 찾고 싶

었던 걸까. 열대어에게 필요한 것은 물이다. 나도 엄마가 필요했다. 그러나 엄마는 네게 관심이 없다. 화려한 열대어 몇 마리를 죽인다고 달라질 것은 없다. 수족관이 텅 비면 엄마는 나를 다시 부를 것이다. 세영아, 우리 열대어 사러 갈까 하고.

나는 열대어를 물속에 넣었다. 밤새도록 쪼그리고 앉아 다시 살아나길 기다렸다. 이렇게 끝나버리는 게 허탈했다. 점점 다리가 저려 왔다. 나는 벌을 받아야 하나. 먼저 용서를 구해야 할까. 엄마와 나 사이에 무슨 일이 벌어진 것일까. 나는 밤중에 나비로 온 게 후회되었다. 날이 밝으면 엄마는 나비의 문을 열 것이다. 금방이라도 지하 계단을 울릴 것 같은 구두굽 소리가 또각또각 울릴 것만 같았다.

8

천사들의 진공관

*

　흐른다. 이 도시의 거리를 걷노라면 그런 생각이 들었다. 샛강의 물이 모여들어 장강을 이루듯 끊임없이 밀려드는 차량과 사람들. 이들은 모두 어디에서 와서 어디로 가는가. 수많은 사람들 속에 휩쓸려가는 나는 누구인가. 언제까지 불변의 에너지에 떠밀려가야 하는지 현기증이 일었다. 다시 보폭을 넓혀 발걸음을 옮긴다.

　태양이 서서히 빛을 거둬들이는 시각. 백화점 앞은 사람들의 물결로 혼잡하다. 나는 인파를 밀치며 나아간다. 그러나 사실 떠밀려가는 것이다. 음악 소리와 차 소리. 사람들의 웅성거리는 소리. 도시의 소음은 매연과 음식 냄새와 뒤섞이며 탁한 공기를 실어 나른다. 식은땀이 등을 타고 흘러내린다. 빼곡한 건물 사이로 밀고 들어오는 자동차. 사람들 속에서 나는 방향 감각을 잃는다.

목덜미에 선뜩함을 느끼고 났을 때야 비로소 나는 인파 속을 빠져나와 성당 뒤편 삼층 건물 나무 계단을 올라선 자신을 발견한다.

주머니에서 열쇠를 꺼내 이층 A스튜디오 나무 문을 연다. 어둠과 함께 찌든 니코틴과 오래된 가구 냄새가 훅 끼쳐왔다. 카펫 위를 걸어 어두침침한 안쪽으로 들어가 창가로 다가선다. 도시가 한눈에 내려다보이는 서쪽으로 난 넓은 창. 태양이 잔광을 흩뿌리며 철거된 주택들 사이에 펼쳐진 공터를 지나 빌딩 숲 뒤로 내려앉고 있다.

점퍼 주머니에서 편지를 꺼낸다. 집을 나서기 전 나는 정화에게 다소 과장되고 치기 어린 편지를 썼다. '이렇게 편지를 쓴 건, 너를 여전히 사랑한다는 말을 전하고 싶어서야. 비록 함께했던 시간은 짧았지만 넌 나의 비타민이었어. 우리들의 보금자리였던 천사들의 둥지에서 이렇게 떠날 수밖에 없음을 용서해줘….'

새벽에 나는 한 여자의 꿈을 꾸었다. 그녀는 정화였을까? 나는 언젠가 유토피아에서 열 시간을 아르바이트하는 그녀에게 물었다. 피곤하지 않아? 종일 쉴 틈도 없어 보이던데. 그때 정화는 말했다. 피곤해지라고 하는 일인데요. 혹시 그런 적 있어요. 가슴에 커다란 구멍이 뚫리고 그리로 바람이 술렁술렁

216

지나가는 느낌. 정신없이 일하다 보면 아무 생각도 나지 않고 피곤해지죠. 피곤해지면 죽은 듯이 잠들 수 있어요…. 잠시나마 무기력한 나를 일으켜 세운 건 정화가 아니었을까.

지난밤 꿈에 나는 사람들 속에서 두리번거리고 있었다. 실내는 어두침침했고 나른한 음악이 흘렀다. 흐느적거리는 음률과 사람들을 헤치며 나는 한 여자를 찾았다. 구불구불 등으로 흘러내린 파마머리 때문인지 탁자 사이로 지나가는 모습이 연못에 갇힌 비단잉어처럼 신비스럽던 여자. 나는 그녀를 안고 춤을 추었다. 치카 치카 치카…. 여자의 머리카락이 자꾸만 얼굴을 간질였다. 스포트라이트의 야단스러운 빛이 땀으로 번들거리는 그녀의 얼굴 위로 미끄러졌다. 가면 같은 낯선 얼굴과 흔들리는 청동색 동체들 위로 떠돌았다. 몸을 흔들 때마다 해초 같은 여자의 머리카락이 눈앞을 가렸다. 벌거벗은 우리 주위에도 마티스의 댄스 추는 사람들처럼 낯선 사람들이 춤을 추었다. 음악이 멈추었고 사람들이 무표정하게 흩어져 갔다. 아무 일도 없다는 듯 그들은 문밖으로 사라졌다. 긴 파마머리 여자를 찾았지만 보이지 않았다. 가면 같은 얼굴만이 무심히 스쳐 갔을 뿐. 나는 그들을 붙들고 여자의 행방을 물었다. 모두 약속이나 한 듯 표정이 없었다. 그때 사람들 사이로 긴 팔이 다가와 내 손을 잡았다. 따뜻한 기운에 눈을 떴을 때 창으로 들어온 햇살이 얼굴을 지나 책상 다리 사이를 관통하고 있었다. 그때 불! 그 방법 뿐이라는 생각이 들었다.

서쪽 하늘에서 눈부신 노을이 그물을 거두어들이고 있다. 황금빛 노을. 나는 언제부터 노을을 황금빛으로 보게 되었을까. 레코드 진열장으로 뻗은 투명한 빛줄기마저 사라진 천사들의 둥지에서 내가 아버지를 돕기 시작한 것은 올봄이었다.

스스로 예술가를 자처하는 아버지. 자칭 음악 마니아라고 하지만 내게 아버지는 오디오 마니아로 집안일에는 도무지 관심이 없는 가장이었다. 전기 퓨즈를 갈아 끼우는 것도, 벽에 못을 박는 것도, 빚쟁이한테서 걸려 오는 전화를 응대하는 것도 어머니였다. 나는 지금도 어느 봄날 저녁의 어머니 눈빛을 기억하고 있다. 이틀째 연락 없는 아버지를 자정이 넘도록 기다리던 어머니. 라일락이 무성하게 향기를 뿜어내던 밤. 나무 아래 앉아 있던 어머니가 내 방으로 들어왔다. 외박하면서 전화도 안 하고 집에 와서 눈도 안 맞추는 걸 보면 내가 싫은 모양이야. 처음으로 어머니의 눈빛이 겨울 강에 잠긴 달처럼 애처롭게 다가왔다. 이튿날 오후에 돌아온 아버지는 바빴다며 서재로 들어갔다.

나는 초등학교 삼 학년 때까지 아버지의 직업이 무엇인지 몰랐다. 선생님이 아버지 직업을 적어내라고 해서 나는 어머니에게 물었다. 아버지가 작곡가였다는 걸. 처음 알았다. 당시 아버지는 음악감상실을 운영하고 있었다. 그곳은 연인들이 친구들이 혹은 혼자. 음악을 즐기는 사람들이 찾는 휴식처였다. 그러나 지금 나는 아버지의 직업이 무엇인지 혼란스럽다. A스튜디오를 운영하면서 아버지는 빈티지 오디오를 밀매해 인텔리들에게 아주 세련된 설명을 곁들여 팔거나 음대 진학생들에게 피아노 연주를 녹음해주거나 무용가들에게 음악을 편집해주었다. 스튜디오는 음대생들과 무용가, 다방면의 교수들, 지식인들의 아지트였다. 그들을 상대하면서 아버지는 변하기 시작했다. 아버지에게 가장 만만한 것은 어머니였다. 술을 마시고 들어온 날, 아버지는 어머니의 자격지심을 건드리며 퇴근을 알렸다. 현관 등을 끄지 말라니까! 조기를 제대로 구워야지 부스러져 어디 젓가락이나 대겠어. 나 하나 드러누워 봐, 집구석이 어떻게 되는지. 사람이 출세하자면 연줄이나 빽이라도 있어야지 이건 뭐, 처갓집 도움은 애당초 기대도 안 했지만….

내가 초등학교 졸업 무렵만 해도 우리 집에는 언제나 감미롭고 환상적인 음악이 흘렀다. 우리 가족은 오래된 가구 같은 파트리시안 오디오로 쇼팽의 소나타와 모차르트의 클라리넷

5중주를 들으며 식탁에서 밥을 먹었다. 내게 G선상의 아리아와 베토벤, 바흐와 헨델의 오르간 협주곡을 알게 해준 것도 아버지였다. 따뜻하고 부드러운 소리를 내는 탄노이 스피커는 현악에, 알텍은 성악을 듣는 데 좋다. 빈티지 오디오의 중요성을 깨우쳐준 아버지가 이제 너무나 멀게 느껴진다. 나의 오감을 깨워주던 음악마저 내게서 멀어진 것 같다.

태양이 사라진 서쪽 하늘이 주황색으로 변해간다. 무엇인가 묵직하게 가슴을 짓누르는 느낌. 대체 나를 갉아먹는 것은 무엇인가.

오늘 아침에도 나는 며칠째 그랬듯이 사나운 꿈자리를 헤매다 늦잠에서 깨어났다. 아버지와 새엄마가 없는 빈집. 집안이 물속처럼 고요했다. 나는 한 마리 물고기가 된 기분이었다. 물고기가 꼬리를 흔들며 유영한다. 물고기는 지느러미가 뭉그러졌고, 배가 푸르스름했지만 쉴 새 없이 아가미를 움직였다. 오직 살기 위해서. 그 생각에 마침표가 찍히자, 나는 더 이상 누워 있을 수가 없었다. 일어나 찰리파커 CD를 집어 들었다. 아버지가 생일 선물로 내 방에 설치해준 인켈 시디플레이어에 넣었다. 순간 유리 탁상시계가 떨어지며 발등을 때렸다. 죽음이라는 단어가 접속사처럼 달라붙었다. 찰리파커의 색소폰 연주가 에스프레소처럼 내 영혼을 자극했다. 나는 정화에게 편지를 쓰고 늦은 오후, 거리로 나섰다.

태양이 사라진 서쪽 하늘. 오렌지빛 잔광이 물러나자 어둠이 도시를 집어삼킨다. 검은 망토 같은 어둠은 이내 빨주노초파남보의 현란한 네온사인에 묻힌다. 불빛이 켜지자 나방들이 몰려들 듯 사람들이 동성로로 밀려들었다. 시끌벅적 떠들며 걸어가는 사람들 표정을 보려고 나는 사무실에 혼자 있을 때 형광등을 끄고 창밖을 내다보았다. 책상과 캐비닛이 놓인 넓은 창가에서 얼마나 자주 노을을 토스했던가. 아버지와 대화가 단절될 때 책을 읽는 척하면서. 인텔리들이 쏟아낸 지식꾸러미로부터 도망쳐 노을처럼 얼마나 사라지고 싶었던가. 음악감상실 운영이 힘들어지자 아버지는 내가 중2 때 스튜디오를 열었다. 성당 뒤 건물 이층에 세를 얻고, 목재소에 가서 특별 주문한 원목을 바닥과 콘크리트 벽면에 덧댔다. 양쪽 벽과 천정은 오렌지색 방음 스펀지를 붙였다. 올록볼록한 스펀지는 나의 상상력을 자극했다. 알텍 스피커에서 흘러나온 흑인 영가가 고동색 나무 바닥과 잠든 그랜드피아노, 진공관을 깨우며 내 심장을 두드렸다. 오래된 스피커는 고음과 저음, 공명음까지 음역대를 자유롭게 넘나들며 나의 영혼을 깨웠다.

얼마 전까지만 해도 나는 자존심을 걸고 공부에 몰두했다.

성적이 상위권으로 오르자 아버지는 나를 서울의 스카이대에 보내고 싶어 했다. 나는 공부에 흥미를 잃었다. 자발적인 의지에서 비롯된 공부는 갑작스러운 어머니의 죽음으로 시들해졌고 성적은 중위권에서 더 밀려났다.

아버지는 발 빠르게 나의 진로를 이곳 도시의 국립대로 변경했다. 당신의 모교이자 지인 자제들이 다니는 곳이라며 아버지는 누누이 체면을 세워줄 것을 내게 당부했다. 전교 5등 안에만 들면 단골 VIP 대학 총장한테 입학을 부탁하겠다는 말도 이어 붙었다. 나는 틈만 나면 녹향으로 숨어들었다. 중앙로에 자리 잡은 오래된 음악감상실. 아버지의 사무실에서 하츠필드로 듣는 음악처럼 음량이 풍부하지 않았지만, 녹향에서 무료하고 권태로운 시간을 죽여댔다. 온갖 악기들이 내는 교향곡의 강렬하고도 섬세한 선율에 몸을 맡긴 채.

내가 두 번째 입시에서 떨어지자 아버지는 사무실 출근을 명령했다. 자주 얼굴을 붉히는 내게 사무실 출입을 금지하던 아버지였다. 내가 스튜디오에 공식 직원으로 출근하자 아버지는 손님들에게 나를 소개했다. 이 녀석은 지 에미 뱃속에서부터 세계 최고의 명기로 음악을 들어 귀가 어찌나 예민한지. 그러나 아버지는 선거철이 다가오자 나를 다그치며 유세 현장으로 데려가 잔심부름을 시켰다. 좌파 우파 정치가들의 유세

장뿐 아니라 유명 인사들의 강연과 이름난 가수들의 공연장에 스피커를 대여하느라 일손이 모자랐기 때문이다. 평소 보수주의자들을 매도하던 아버지는 선거철이면 보수와 진보를 가리지 않았다.

여상을 졸업한 어머니와 달리 아버지는 K대 음대 출신이라는 자부심이 높았다. 아버지 주위에는 서울의 S대 출신 박사가 많았다. 의학 박사, 전자공학 박사, 물리학 박사, 철학 박사 등. 스튜디오를 찾는 박사들과 최고의 명기로 클래식을 듣는 사치를 누리는 아버지를 보며 나는 '천사의 둥지'로 불리는 A스튜디오가 점점 낯설었다. 천사의 둥지는 어느 날부턴가 천사의 진공관으로 불리기 시작했다. A스튜디오가 본래의 이름을 잃은 건 S대 물리학 박사 강 교수가 음악 월간지에 A스튜디오를 소개하면서부터였다.

'진실을 말하자면 이 모임의 회명은 물론이고 회장이니 이사니 총무니 하는 직함이 따로 없다. 하지만 이곳은 방학 중에도 꾸준히 연구실을 지켜야 하는 우리에게 영원한 오아시스가 아닐 수 없다. 기천의 오디오 소프트를 갖고도 또 다른 음악을 들어보고자 더 나은 몇 알의 진공관을 구하러 동분서주한 경험을 가져본 음악 애호가라면 다들 알고 있는 보석 같은 곳이다. 웨스턴 일렉트릭제 앰프들이 마룻바닥 여기저기에 굴러다니는 곳. 사실 여기가 아니고서는 우리들의 갈증을 해소해주는 곳은 전국적으로 찾아봐도 흔하지 않다. 그곳은 동성로 한복판에 자리 잡은 '천사들의 둥지'지만 이제는 '천사들의 진공관'으로 불러야 할 판이다. 갈 곳을 잃어버린 현대인들에게 천사들의 진공관은 천상의 소리를 들려주는 곳이다. 또 다른 어머니의 모태인 진공관을 구할 수 있는 우리들의 영원한 안식처로….'

과장된 웅변조의 칼럼을 보자 내 안에서 작은 균열이 일었다. 이곳 스튜디오를 오아시스에 보석, 천상의 공간, 예민한 진공관을 어머니의 모태로 과장하면서 명기를 쫓는 자신들을 가련한 천사들이라니.

아버지와 여섯 달 남짓 일하는 동안 나는 스튜디오를 찾는 박사들이 현란한 이 도시처럼 낯설었다. 지식인들의 명기 사랑은 음악보다 앞섰다. 게다가 예기치 않는 그들의 주문과 방문은 나를 당황하게 했다.

며칠 전에도 연달아 의학 박사와 S대 음대 교수가 방문했다. 유명 음악 잡지에 천사들의 둥지를 알린 뒤 아버지와 더욱 친밀해진 음대 강 교수. 나는 그를 잘 알고 있었다. 늘 점심때 사무실에 나타났다. 여기저기 전화를 걸고 아버지와 갈비탕을 시켜 먹고, 자신의 사무실처럼 이용했다. 강 교수가 트림을 끄르륵 게우며 빈백 콩의자에 앉아 어떻게 하면 미국에 사는 제임스를 구워삶아 빈티지 오디오를 국내로 들여와 두 배 값으로 팔아넘길 수 있는지 궁리했다. 아버지는 삼십 후반의 강 교수에게 담뱃불을 붙여주었다. 강 교수는 담뱃재를 낡은 카펫에 톡톡 털며 영문 편지를 작성했다. 아버지는 강 교수가 돌아간 뒤 담배를 꺼내 물며 투덜거렸다. 젊은 사람이 버릇이 없단 말이야. 카펫에 불씨라도 떨어지면 어쩌려고 재를 아무 데나 털어. 기본이 안 됐어.

나는 강 교수보다 뒷전에서 욕을 하는 아버지가 더 못나 보였다.

D병원 신경정신과 신 닥터는 몹시 과묵했다. 나는 한 번도 그가 웃는 걸 본 적이 없었다. 짧은 머리에 밤 볼, 작은 눈에서 도저히 진실을 읽어낼 수가 없었다. 미리 전화해 아버지가 사무실에 있는지 없는지를 확인한 뒤 찾아오는 그. 그의 행동은 다분히 의도적인 낌새가 엿보였다. 아니나 다를까. 그는 진열된 진공관을 한 번만 들어보고 금방 가져온다고 했지만 안 가져갔다고 시치미를 뗐다. 감시카메라도 없고 폴더폰이라 녹음도 할 수 없는 처지의 내게 돌아온 건 아버지의 면박뿐이었다.

사무실을 지키라니까 대체 뭘 하고 있었던 거야. 진공관 한 개가 얼만 줄이나 알아. 깨지기라도 하면 구하기도 힘든 거야.

천사들의 둥지에서 나는 내가 진공관 하나보다 못한 인간으로 느껴졌다. 사건은 항상 아버지가 자리를 비웠을 때 터졌다.

어느 날 진홍색 립스틱을 바른 여자가 찾아왔다. 서른 중반의 여자는 유월의 장미처럼 아름다웠다. 달랑거리는 은빛 링 귀고리와 칠피 하이힐을 신고 있었다. 케이스 오십 개 가져갈 수 있죠? 파리로 유학 떠나기 전에 여기서 성가곡 모음집을 제작했는데 그때 케이스가 모자라 못 가져갔어요. 사장님한테 전하면 아실 거예요. 나는 두말없이 편집실 안쪽에 쌓아 놓은 빈 케이스를 건네주었다. 진작 주지 못한 걸 미안해하면서. 외출에서 돌아온 아버지는 지휘자처럼 머리를 흔들며 소리를 질렀다.

너, 지금 반항하는 거야. 나한테 전화해서 먼저 물어보라고 했어, 안했어 엉?

전화하면 바쁘다면서요. 하려다 나는 말을 삼켰다.

나는 가만히 바지 주머니에 손을 넣어본다. 손안에 든 매끈한 라이터. 일회용 라이터는 집안과 사무실 곳곳에 놓여 있었다. 잠잘 때만 빼고 담배를 물고 다니는 아버지가 잃어버릴 때마다 사들인 라이터는 몇 개나 될까. 차라리 잭나이프나 면도날이 낫지 않을까. 나만 사라지면 된다고 생각하지 않은 건 아니다. 황금빛 노을과 태양이 내 생각을 부채질했다. 천사들의 둥지를 불태우라고! 아버지를 지옥으로 보내버리라고! 나를 이렇게 만든 것은 아버지다! 그렇다. 나는 바보처럼 스물하고도 한 해를 더 살았다. 아, 어머니. 그해 겨울, 나도 어머니처럼 저 노을 속으로 사라져야만 했다.

함박눈이 조용히 내리던 아침. 어머니는 설거지를 하다가 쓰러져 돌아가셨다. 뇌출혈이라고 했다. 어머니가 돌아가시자 아버지는 곧 여자를 데려왔다. 나보다 여덟 살 많은 여자였다. 누나라기엔 나이가 많고, 고모라기엔 어려 보이는 도회적인 여자였다. 아버지는 그녀와 지금 여행 중이다. 체코 오스트리아 헝가리 크로아티아 동유럽을 돌고 오려면 아직 이틀이 남았다.

이틀이면 충분하다. 내 영혼은 이미 노을 속으로 사라졌을 것이다. 차갑게 식은 당신의 유일한 혈육을 발견한 아버지는 어떤 표정을 지을까. 제 어미를 닮아 나약해 빠진 놈이라고 투덜거리며 루치아노 파파로티를 틀 것이다. 더운물을 마신 듯 몸에 열이 난다. 때때로 뜨거운 열기가 얼굴로 훅 치고 오르다가 몸이 차가워진다.

내가 없는 동안 사무실은 열지 마라. 괜히 비싼 기계 만지다가 고장 내지 말고! 여행을 떠나기 전 아버지는 엄숙하게 선언했다. 그러나 나는 계속 문을 열었고, 출입문을 잠그고 천장

우물조명만 켜고 아버지가 녹음해 놓은 테이프를 들었다. 아버지를 알고 싶었다. 밤이 되면 담배 냄새에 찌든 콩의자 커버를 벗겨 덮고 눈을 붙였다. 어제는 헤드폰을 찾느라 편집실을 뒤지다가 릴테이프 위에서 그림을 발견했다. 그것은 일본 춘화였다. 펜으로 세밀하게 그린 춘화에는 잠자리 날개 같은 옷을 걸친 여자 뒤로 벌거벗은 노인이 바짝 붙어 앉아 있었다. 여자는 왼팔로 살짝 가슴을 가린 채 오른손으로 노인의 성기를 쥐고 내려다본다. 벌린 다리 사이로 음부에 털이 송송하다. 노인은 몽롱하게 눈이 풀려 0입을 벌린 채 여자의 음부로 손을 뻗고 있다. 나는 그림에서 눈을 뗄 수가 없었다. 의지와 달리 아랫도리가 팽팽해지며 욕망이 상승곡선을 타고 심장을 데웠다. 공터로 난 창문을 활짝 열어젖혔다.

언젠가 저 공터에도 술집이나 음식점이 들어서고 욕망이 꿈틀거릴 것이다. 도시는 쉴 새 없이 바뀌었다. 도시가 화려하게 바뀔수록 사람들은 불나방처럼 모여들었다. 미지근한 바람을 쐬고 실내를 돌아보았다. 수많은 엘피판과 복사한 카세트테이프가 꽂힌 수납장이 천장까지 닿아 있었다.

정말이지 나도 아버지처럼 수완가가 되고 싶다. 강해지고 싶다고 생각한 적이 있다. 아버지가 벨기에서 사들인 EMT 턴테이블에 클리너를 살짝 뿌리고 면 타올로 닦아 광을 내 원래

사들인 가격보다 두 배 값을 받아낼 때는 놀라움을 넘어 감탄했다. 어머니가 돌아가시자마자 몇 번인가 본 적이 있는 늘씬한 여자를 맞아들인 아버지에게 질투심마저 느꼈다. 음악이 아니었다면 나는 감수성만 예민한 놈이 되지 않았을 것이다.

나는 있는 힘을 다해 아버지에게 결투의 도전장을 던져보았다. 두 번째 대입 시험에서 떨어지고 방황하던 올 정초. 처음으로 셀프 호프집에서 옆자리에 앉은 여자와 합석했고, 그녀와 술집을 옮겨 다니며 함께 술을 마셨다. 볼우물이 예쁜 스무살의 웨이트리스 정화. 나의 첫사랑. 나의 비타민. 나의 에너지바. 한밤중 나는 그녀에게 최고의 명기로 음악을 들려줄 생각으로 A스튜디오로 데려갔다.

나는 그녀에게 하츠필드와 젠센, 알텍 등 일반 시중에서 구경조차 하기 힘든 명기로 들어찬 녹음실을 보여주었다. 하츠필드로 차이코프스키의 비창을 들으면서 사랑을 나누며 천사들의 둥지를 짓밟아 버리고 싶었다. 그 대가로 나는 그녀에게 아버지가 아끼는 매킨토시 275를 주거나, 그녀가 싫다면 이곳에서 갖고 싶은 걸 선택하게 하거나 무엇으로든 그 대가를 지불해야겠다고 맘먹었다. 그것이 아버지에게 나를 보여주는 계기가 되길 바랐다. 그러나 막상 그녀와 같은 공간에 둘만 덩그러니 있으니까 긴장했다.

천사들의 둥지에서 나를 조정한 것은 오히려 정화였다. 그녀는 어둠 속에 뻣뻣하게 서 있는 나를 보며 스위치 어딨어요? 하고 물었다. 내가 출입구에 부착된 여러 개의 스위치 중 안쪽 스위치 하나만 켜자 그녀는 여섯 개의 스위치를 모두 켜며 말했다. 전 어두운 건 질색이에요. 에휴, 담배 냄새! 환기 좀 시켜야겠어요. 그녀가 창문을 열자 나도 모르게 뒤에서 껴안았다. 그녀가 돌아서며 내게 키스했다. 그녀는 나를 밀어내지 않았다. 그녀의 입에서 아련한 호프 냄새가 풍겼다. 머릿결에서 나는 은은한 향기에 나도 모르게 스커트를 걷어 올렸다. 그녀가 내 양손을 잡아끌고 녹음실로 당기며 음악이 듣고 싶다고 말했다.

녹음실로 들어간 나는 시디플레이어에 아버지가 자주 듣는 파바로티의 시디를 넣었다. 하츠필드 스피커에서 '오 솔레 미오'가 흘러나왔다.

어머, 숨소리가 들리네. 스피커 안에서 파바로티가 노래하는 것 같아요.

정화의 말에 나는 웃었고 차츰 긴장이 풀렸다.

우리는 밤새 음악을 들었다. 호기심이 많은 정화는 벽을 따라 수납장에 꽂힌 수백 장의 엘피 레코드판을 빼내 살피며 감탄사를 연발했다. 우와, 엘피판 재킷이 예술이네요. 여기에 어떤 스토리가 담겼는지 궁금하지 않아요? 그녀의 호기심에 나는 갖고 싶은 게 있으면 가져가라고 했다. 그러나 정화는 안쪽 수납장에 꽂아둔 테이프를 집어 들며 이거 하나만 가져갈게요, 하며 핸드백에 넣었다. 음악감상실을 할 때 아버지가 좋아하는 음악을 테이프에 복사해 놓은 것이지만 나는 상관하지 않았다. 정화와 나는 아버지의 완벽한 방음 녹음실에서 음악을 듣다가 바닥에 종이 박스를 깔고 콩의자 커버를 덮고 잤다.

태양이 은회색 백화점 건물 뒤로 넘어가고 있다. 잠깐만 더 머물러줘. 몇 분만. 아니 몇 초만. 나는 헛소리를 하는 자신을 발견한다. 목젖으로 뜨겁게 치밀어 오르는 그리움. 어머니를 향한 그리움인지 정화를 향한 그리움인지 알 수 없는 혼란스러움이 나를 멈칫거리게 한다.

내가 정화를 다시 만난 것은 천사들의 둥지에서 밤을 새운 석 달 뒤였다. 그녀와의 관계로 아버지를 향한 도전적인 감정이 어느 정도 이완된 상태였다. 그러나 나는 아직 어지러운 꿈에서 깨어난 건 아니었다.

유월의 화창한 금요일 오후. 나는 아버지 심부름으로 거래처인 JBL에 카트리지를 가져다주고 돌아오는 길이었다. 날씨는 투명하고 높은 하늘에 구름이 수십 마리의 양 떼를 풀어놓았다. 미풍이 머리카락 위에서 장난치다 화단의 팬지를 슬쩍 건드리며 달아났다. 비눗방울처럼 허공으로 둥둥 떠오를 것만 같은 오후 세 시. 신제품 오디오를 취급하는 JBL사가 들어선 곳은 한때 고서점 거리였지만 슬금슬금 여행사, 노래방, 유료 주차장이 생겨나기 시작했다. 말끔한 현대식 건물 사이에 유일하게 버티고 있는 동방 고서점. 그곳에서 그녀는 만화책을 읽고 있었다. 내가 다가가도 그녀는 책에서 눈을 떼지 않았다.

지금 알바하고 있을 시간 아닌가?

어머, 오랜만이에요. 오후 여섯 시 출근이라 갑갑해서 일찍 나왔어요. 햇볕 쬐면 기분이 좋아지거든요.

활짝 웃는 모습이 청명한 하늘의 새털구름 같았다. 경쾌한 목소리와 달리 어딘가 슬픔에 잠긴 눈이 어머니의 맑은 눈빛과 오버랩 되었다.

음악 듣고 싶어 몇 번 성당 후문까지 갔는데 용기가 나지 않았어요. 저녁에 시간 괜찮으면 유토피아로 와요. 백화점 맞은편 이층 알죠?

나는 퇴근길에 십 분 거리의 유토피아로 갔다. 위태롭게 흔들리는 철재 계단을 올라가자 스테인리스 의자와 좁은 탁자, 수염 난 모나리자와 자전거 바퀴가 벽면에 걸려 있었다. 요란한 랩과 대낮처럼 환한 실내. 창가에 자리를 잡고 앉았다. 동성로가 한눈에 내려다보였다. 백화점을 중심으로 십자로 거리를 꽉 메우고 사람들이 이동했다. 나는 주방과 탁자 사이를 바삐 오가는 정화를 힐끗거리다 끊임없이 거리를 오가는 사람들을 보며 지루함을 달랬다. 동성로 사거리는 스튜디오 창가에서 바라본 한적한 공터와 달리 인파의 물결로 에너지가 넘쳤다.

그녀가 퇴근하기를 기다리며 나는 창가에 앉아 맥주를 홀짝거렸다.

보기보단 인내심이 강하네요. 혹시 날 좋아해요.

말해놓고 그녀는 쑥스럽다는 듯 얼굴을 붉혔다.

사람들은 밤만 되면 왜 불나방처럼 동성로로 나올까요?

나는 말을 돌리며 맞은편에 앉는 그녀를 바라보았다.

글쎄요. 집으로 들어가기 싫거나 반겨주는 사람이 없어서. 우리 사귈래요?

사귄다고 외로움이 줄어들까. 매일 성당 가는 사람들 보면서 나도 가볼까 생각했지만, 그쪽으로는 발이 안 가요. 여기는 우리 또래가 많네요. 스튜디오에 오는 손님들은 음악을 좋아한다지만 오디오 마니아와 뮤직리버가 아니라 일렉트로닉 리스너죠.

뮤직리버는 뭐고 일렉트로닉 리스너는 뭐예요?

뮤직리버는 레코드나 테이프 가리지 않고 음악을 찾는 것과 달리 후자는 진공관을 따지며 오로지 오디오. 텐테이블 스피커 이렇게 기계가 1순위이죠. 뭐가 좋은 게 나오면 끊임없이 많은 돈을 투자해 사들이죠. 그러면서 최고의 음악 애호가 반열에 다가서서 삶의 이력을 업그레이드 하죠.

컴퓨터도 286. 386. 486으로 업그레이드될 때마다 교체했잖아요. 오디오 명기는 잘 모르지만 빌 게이츠가 세상에 내놓은 마이크로소프트 도스는 미친 거죠. 우리가 어떻게 컴퓨터를 사무실마다 가정마다 가질 수 있었겠어요. 국민 1인 1핸드폰처럼 세상은 혁명의 연속인데 아버지는 어느 쪽이에요?

그들 마니아의 대부라고나 할까요.

알파치노처럼 특별한 대부 근성?

나보다 한 살 아래인 그녀의 영리함에 나는 살짝 주눅이 들었다.

밤 열한 시에 우리는 나란히 동성로를 걸었다. 여전히 시끌벅적한 백화점 앞을 지나 우리는 동성로를 빠져나왔다.

그녀가 나를 데리고 간 곳은 대구역 뒤편이었다. 그녀의 잠만 자는 방은 눅눅하고 시멘트 냄새가 났다. 그녀가 가스버너에 오징어를 굽는 동안 나는 방안을 살펴보았다. 천장 모서리로 지나가는 가스관 파이프와 낡은 벽지. 벽에 후줄근하게 걸린 옷가지와 구석에 놓인 몇 권의 자기개발서와 만화책. 안테

나가 달린 녹음기. 화장품 바구니와 간단한 취사도구가 머리
맡에 놓여 있었다.

정화 씨처럼 방이 정갈하네요.

내 말에 그녀가 찢은 오징어 다리와 종이컵을 내밀었다.

부모님이 세상을 깨끗이 정화하라고 이름을 지었어요. 아빠
와 엄마는 일곱 살짜리 저를 데리고 매달 마지막 날에는 절에
갔어요. 돌산을 오르는 게 너무 싫어서 새가 부러웠어요. 날개
가 있으면 어디로든 맘대로 날아갈 수 있잖아요. 자식은 소유
물이 아닌데 정화라고 이름 짓고 사사건건 간섭했어요. 공부
도 제대로 할 수 없었어요. 학교에서도 성적만 중시하니까 재
미도 없고. 한 가지 트라우마 같은 현상인데 벚꽃이 만발할 때
항상 중간고사를 치는 거예요. 속이 울렁거려서 맨날 시험을
망쳤어요. 벚꽃이 너무 좋아요. 벚꽃이라도 자유롭게 보겠다
고 가출하다시피 집을 나왔어요. 모든 게 쉽진 않지만 아직까
진, 후회한 적이 없어요. 아, 내가 어떻게 살고 있는지 궁금
해요?

글쎄요 자유인? 아니면 서점?

지금으로선 적성에 맞는 일 찾을 때까지 이것저것 다 해보
고 싶어요.

자기에게 맞는 일을 하는 사람이 얼마나 될까요.

잠깐 집중해 봐요. 지금 이 바이올린 곡, 신들린 것 같지 않아요?

그녀의 말에 나는 타르티니가 꿈속에서 영혼을 훔쳐 가는 대가로 들려준 악마의 연주를 받아 적어 만든 곡이라고 덧붙였다.

악마의 트릴이란 테이프에 적힌 제목이 맘에 들어서 가져왔는데 정말 대단해요.

그녀가 캔맥주를 건네며 건배를 제안했다. 아름답고 애절한 바이올린 연주가 좁은 방을 꽉 메워 숨소리조차 낼 수가 없었다. 캔 두 개를 비우는 동안 그녀는 말이 많아졌다.

그녀의 중언부언 속에서 2대째 내려오는 전통 삼계탕집 딸이라는 것. 고3 때 집을 나와 서너 달쯤 됐다는 것을 감지했다. 악마의 트릴이 느림에서 빠른 섹션으로 넘나들자 그녀가 내 어깨에 머리를 기댔다. 가슴이 터질 듯 격정이 휩쓸고 지나갔다. 나는 얼굴이 상기된 정화를 눕히고 블라우스 단추를 하나씩 풀었다. 우리는 꽃과 벌처럼 다정하게 키스했다. 점점 악마의 트릴이 클라이맥스로 치달았다. 사랑을 나누었다. 나는 정화의 옷을 챙겨주고 팔을 뻗어 정화를 꼭 껴안았다. 정화는 참새처럼 몸을 떨었다.

갈대처럼 쓰러지는 노을에서 소리가 들리는 것 같다. 소리는 아득한 곳에서 휘파람처럼 들리더니 점점 크게 들린다. 환청인가? 나는 귀에 소리를 모은다.

드르륵. 물건이 끌리는 소리. 걸어 다니는 발소리. 아버지가 팩스기를 공용으로 사용하는 바로 위층이다. 미국에서 살다가 이사 온 그래픽 디자이너 제임스가 가구를 옮기는 소리다. 젊은 사람인데 소아마비를 앓았는지 다쳤는지 균형을 잃은 것처럼 다리가 약간 불편해 보였다. 정화를 볼 때도 그런 기분이었다.

나는 퇴근길에 정화를 보러 유토피아로 갔다. 그곳 창가에 앉아 맥주를 마시거나 거리를 내려다보거나 정화를 지켜보았다. 베이지색 원피스를 입은 정화는 무용수 같았다. 어릴 때 가족과 시민회관에서 관람한 지젤 공연의 무용수처럼 마른 체구에 깡다구가 있었다. 정화는 일을 하다 가끔 내 앞으로 다가와 퇴근할 때까지 있을 거냐고 물었다. 안 간다고 약속, 하며 새끼손가락을 내밀었다. 무료해서 레코드점에 다녀오겠다고 했다. 왠지 수화 씨가 떠날 것 같아. 그녀의 말에 나는 말문이 막혔다. 그녀는 새벽까지 하는 노래방? 아니, 우리 두더지 잡으러 가요. 좋알대었다. 일주일이 지나자 수성랜드로 나를 이끌었다.

수성랜드의 밤은 시끌벅적하고 소란스러웠다. 동성로를 배회하던 사람들이 밤이 되자 모두 수성랜드로 몰려든 것 같았다. 무질서함 속에서 역동적으로 돌아가는 놀이기구에 나는 무력감에서 어느 정도 빠져나올 수 있었다.

저기 봐요. 저 어기! 허공에서 씽씽 돌아가는 저게 우주선인데 스릴 만점이에요.

에너지 넘치는 정화가 가리킨 우주선(SKY MASTER)은 허공을 가르며 풍차처럼 돌아가고 있었다. 밤하늘에서 사람들의 비명이 천둥소리처럼 들렸다. 우주선과 댄스댄스, 람바다, 타가 디스코, 다람쥐 놀이(TWISTER), 바이킹 같은 놀이기구가 회전했다. 회전 속도가 빨라질수록 사람들이 질러대는 소리가 파도처럼 몰려왔다가 빠져나갔다.

정화가 선택한 우주선을 먼저 타고 내가 선택한 바이킹을 탔다.

우주선을 타고 하늘 끝까지 올라갔다가 땅끝까지 내려왔다, 계속 반복되었다. 질러대는 소리의 데시벨도 똑같은 음향으로 반복되었다.

정화가 가지런한 이를 드러내고 활짝 웃었다. 우리는 거북선 모형의 배를 타고 하늘과 땅을 오르내렸다. 하늘에 박힌 별이 손에 잡힐 것만 같았다.

하늘은 적포도주처럼 붉게 물들었다가 점점 탁해지고 있다. 붉은 카펫이 깔린 실내 공기가 갑갑하다. 창을 열었다. 물보라처럼 얼굴을 치는 바람 속에 음식 냄새가 났다. 아버지의 질시와 핀잔을 감내했던 어머니가 아주 가깝게 느껴졌다. 새엄마의 무엇이 아버지의 마음을 흔들었을까. 그녀는 S대 시간 강사였다. 발레를 전공한 그녀는 팔등신에 속했다. 어머니가 돌아가신 얼마 후. 아버지는 기다렸다는 듯 여자를 데리고 나타났다. 존 레논을 틀어 놓은 내 방에는 평화의 메시지가 흘러넘쳤다. 내 방문을 활짝 열어젖히며 인사해라, K대 후배야. 아버지가 말했다. K대 졸업생이 그토록 중요할까. 아니, 매끈한 피부와 발레로 단련된 몸매에 빠졌겠지. 내가 맑은 정화에게 발이 묶였듯이. 가족들이 내가 있는 곳을 알아냈어요. 엄마가 찾아오기 전에 서울로 갈까 봐요. 이틀 전, 정화는 사무실로 전화를 걸었다. 정화는 이 도시를 떠났을까.

일출보다 일몰이 장관이라는 걸 깨달았을 때 나는 마지막 시간을 일몰 직후의 아버지 사무실로 택했다. 천사들의 둥지에서 진공관은 제대로 빛을 발할 것이다,

카펫 위에 쪼그리고 앉아 있었더니 발이 저리다. 절룩거리며 일어나 바지 주머니에서 라이터를 꺼낸다. 초록색 일회용 투명 라이터에는 휘발유가 절반쯤 있다. 버튼을 눌렀지만 틱,

틱 소리만 날 뿐, 불이 켜지지 않는다. 자세히 보니 노즐이 불량하다. 음향 믹서가 놓인 편집실로 들어갔다. 음향 믹서 위에 놓인 라이터에 水단란주점이 새겨져 있다. 까만 라이터와 금속 재질의 버튼이 달린 라이터는 초록색 플라스틱 버튼과 달리 견고하다.

이제 작별을 고하자. 큐! 아버지가 내게 사인을 보내는 것 같다. 음대생들이 발표회에 출품할 피아노곡을 연주하러 오면 아버지는 편집실에서 녹음실을 향해 오른손으로 사인을 보내곤 했다. 그때 아버지는 베를린 필하모닉 오케스트라를 지휘하던 카라얀처럼 멋져 보였다. 파트리시안이여 안녕. 푸르트벵글러여 마란츠세븐이여 안녕. 하이페츠여, 존 레논이여 안녕. 안녕….

나는 비좁은 편집실을 가득 채운 상자와 온갖 잡동사니를 둘러보다 시디와 카세트테이프가 꽂힌 사무실로 왔다. 어스름한 출입문 안쪽, 천장을 향해 벽에 기대선 원목 진열장의 엘피판. 천여 장 중 아직 비닐도 뜯지 않은 엘피판이 갑자기 궁금해졌다. 어떤 음악이 담겼을까. 여기 어떤 스토리가 담겼는지 궁금하지 않아요. 정화의 목소리가 되살아났다. 정화의 손길이 닿았던 엘피판들. 독창적이고 기발한 재킷이 한편의 드라마틱한 작품 같다.

이제 어둠은 완전히 실내를 잠식했다. 책상 앞 창가로 다가 선다. 어김없이 도시의 네온사인이 불을 밝히고 있다. 끝없이 흐르며 빛과 그림자가 교차하는 도시. 정화와 함께했던 장소와 함께 걸었던 골목골목. 녹향, 뮌헨호프와 주점들. 야시 골목과 지하 계단 아래 피아(彼我)의 화장실 벽에는 최영미 시집으로 똥파리를 내리쳤다, 라는 글귀가 붉은 립스틱으로 쓰여 있었다. 낙서는 통쾌하고 소음은 유쾌하고 발에 걷어차이는 쓰레기는 불쾌했다. 어둠의 저편 어디에선가 아우성이 들려온다. 사람들의 비명과 허공을 가르며 회전하던 우주선 댄스댄스 람바다 타가디스코 다람쥐놀이 바이킹…. 세상 끝에 선 기분이다. 어머니, 지켜주지 못해 미안해요. 몸이 기우뚱거리다 떠오른다. 거북선 모형의 배 안. 허공으로 떠올랐다가 하강할 때의 현기증. 관자놀이가 뜨거워져 온다. 눈물이 비죽비죽 나오려고 한다. 누구에게도 잘못은 없다. 단지 나는 나약했을 뿐이다.

나는 바지 주머니에서 조심스레 라이터를 꺼내 들고 그랜드 피아노가 놓인 녹음실로 들어섰다. 매끈한 라이터가 손에 착 감긴다. 그럼. 굿 빠이. 나는 라이터 불을 켠다.

누군가 요란하게 문을 두드린다. 두드리는 손길은 집요해서 좀체 멈출 것 같지 않다. 문을 안으로 잠갔다고는 하지만 미처 녹음실 등을 끄지 않아 불빛이 출입구로 새 나간 모양이다.

수화 씨! 수화 씨!

정화의 목소리다. 줄곧 자신을 몰아붙인 긴장감이 바이올린 현처럼 끊어진다. 라이터를 도로 주머니에 넣으며 녹음실을 나간다.

정화가 나무 문에 달린 손수건만 한 유리창에 얼굴을 붙인 채 나를 부른다.

뭐해요. 빨리 문 열어 봐요! 할 말이 있어요.

실내등 스위치를 올리며 출입문을 연다.

안에 있으면서 왜 대답을 안 해요.

서울 간다더니?

인사는 하고 가야죠. 근데 얼굴이 왜 그래요?

어, 아냐. 아무것도.

어머, 이마 땀 좀 봐. 어디 아파요?

괜찮다니까.

겨드랑이로 식은땀이 흘러내린다. 냄새가 날까 봐 정화의 손을 밀어낸다.

수화 씨, 딱 한 번만 악마의 트릴 일록, 뭐더라 하여간 그걸로 들어보면 안 돼요? 지난번에 수화 씨가 그랬잖아요. 음악을 위해 악마에게 영혼을 판 대가로 만들었다는 타르티니. 찾아봤는데 수화 씨 나이에 그런 곡을 작곡하다니 들을수록 충격이에요. 녹음기로는 감질나서 못 듣겠어요.

쫑알거리며 정화는, 정말 아픈가 봐. 몸이 불덩어리네. 이렇게 그냥 있으면 어떡해요. 내가 먼저 병원 가야 하는데 같이 가야겠네. 소란을 떨었다.

나는 이마를 짚는 정화의 손을 잡으며 물었다.

병원엔 왜?

자꾸 구토가 치밀고 헛구역질이 나고 입맛이 없어 병원 갔더니 임신이래요.

서둘러 말을 끝낸 정화가 나를 직시했다. 그녀의 맑은 눈과 마주쳤다. 전광석화처럼 그간의 일들이 그간의 시간이 프레임에 가득 들어찼다. 어머니와 아버지. 새엄마. 짧은 편지. 정화와 아기.

녹음실로 내 손목을 잡아끈 정화가 핸드백에 든 카세트테이프를 꺼내 준다. 타르티니 주세페 바이올린 소나타 G단조 〈Devil's Trill〉. 또박또박 볼펜으로 쓴 아버지의 글씨다. 내 나이 때 아버지는 테이프가 늘어지도록 이 음악을 들었다고 했다.

나는 탄노이 스피커를 켰다. 두 발에 힘을 주며 시디가 꽂혀 있는 진열장 쪽으로 걸어갔다. 아버지는 좋아하는 시디를 따로 선별해두었다. 야마하 시디플레이어에 타르트니 시디를 넣었다.

격정적인 바이올린 음률이 뇌세포를 강타했다. 악마의 트릴. 느리고 빠른 섹션이 번갈아 등장하며 날카로운 음률이 녹음실로 퍼져나갔다. 벽에 기대선 오래된 명기들이 하아, 잠에서 깨어나는 것 같았다. 고통과 격정이 몰려오며 그녀로 인해 내 생활이 바뀔 수도 있지 않을까. 문득 영혼의 고통을 들려주는 음악이 그 어떤 지혜의 말보다 소중하게 다가왔다.

트릴이 뭔지 알아요? 바로 이 부분! 한 음이 바로 위쪽 음을 몇 초 사이 열 번 이상 연속적으로 다른 음으로 반복하는 작곡 기법이라 누구나 쉽게 연주할 수 없어요. 그만큼 어려운 테크닉이라 유연하고도 악마적인 분위기를 풍기죠. 너무나 아름다워서 악마적이라니 아이러니죠.

하다 말고, 나는 전율에 휩싸였다. 빈티지 오디오가 문제가 아니라 여태까지 나는 이 아름다운 음악을 들을 자격이 없었던 게 아닐까. 아버지 말대로 예민한 귀를 가졌지만, 음악을 제대로 듣지 못했다는 생각이 들었다. 감미롭고도 격정적이고 악마적인 아름다운 바이올린의 현이 온몸을 훑으면서 지나갔다.

어쩌면 정화를 위해 둥지를 마련할 수 있을지도 모른다.

피아노 위에 놓인 나팔꽃 모양의 앰프가 눈에 들어왔다. 나는 나팔 축음기 앞으로 정화의 손을 이끌며 말했다.

이건 에디슨이 발명한 거야. 이걸로 모차르트 들어볼래? 몇 백 년 전으로 시간 여행을 떠나는 거야. 우리의 진공관을 찾아서.

우리 이제 현재와 미래만 생각해요.

정화가 불안한 얼굴로 나를 쳐다보았다. 맑고도 맑은 눈동자. 맑고도 맑은 정화. 그 속에 나는 오버랩 상태로 정지되었다.

부재의 자리, 남은 자의 언어
: 김한숙 소설집 리뷰

김미정(평론가)

김한숙의 여덟 편의 단편소설에는, 1990년대 중반부터 소설을 발표하기 시작한 작가의 삶과 글쓰기의 동선, 그리고 시대의 부침 모두가 담겨 있다. 강원도의 호수와 요양원, 서울의 풍경과 대구의 동성로 음악실까지 각기 다른 공간과 시간이 배경으로 놓여 있지만, 거기에는 살아가며 우리가 마주(해야)할 세계들이 있고, 그것을 감당하며 살아내는 여러 인물이 있다.

우선 소설에서 먼저 눈에 띄는 것은 '남은 자'들이다. 그들의 상실은 실제 가까운 이의 죽음(〈그곳에 도착했나요〉〈남은 자들〉)이기도 하고, 인간에 의한 지물지형의 파괴

(〈물거울〉)이기도 하며, 지난 시절 및 열망의 부재(〈눈이 지나간 자리〉)이기도 하다. 우선 남은 자의 상실감과 애도의 의례가 곡진하게 그려진 〈그곳에 도착했나요〉에는 죽음을 둘러싼 두 언어(남겨진 자들의 감각, 건조한 진료기록)가 교차되어 있다. 소설 속 진료기록은 차갑고 압축된 방식으로 죽음의 사실성을 드러낸다. 이 기록이야말로 현대 사회가 죽음을 다루는 방식의 전형이자, 동시에 산 자가 마주해야 하는 충격이다. 이때 독자는, 두 언어 사이에서 죽음이라는 사건을 강렬하게 경험하게 된다. 진료기록은 어쩌면 제도의 언어의 가장 극단에 놓여 있다. 그리고 이와 대비되는 남은 자들의 감각은 엄마의 옷이나 바람, 정원과 자연 풍광 속에서 현재형으로 존재한다. 이 감각은 결코 행정이나 제도의 언어로 환원될 수 없다.

〈물거울〉은 기억과 망각, 개발과 상실을 진지하게 질문하는 작품이다. '물거울'로 비유되는 소설 속 호수는 단순한 풍경이 아니다. 그것은 과거의 흔적, 사라진 생태 등을 비추는 매개다. 주인공이 그곳에서 만난 여인으로부터 듣는 이야기도 사사롭지 않다. 여자의 개인적 이야기는 지워지고 망각된 장소와 그 삶들에 대한 증언이기도 하다. 그에 비해 레고랜드 직원의 말들은 무언가를 파괴하고 망각시키는 문명, 시스템의 말을 닮아있다. 주인공이 만난 여인이 항간에서 말하던 진짜 '유령'인지 아닌지는 중요하지 않다. 하지만 동네 사람들이 목격했다는 유령은, 사라지고 잊혀졌지만 여전히 우리를 부르고 말을 거는 존재임이 분명하다. 그 유령이 이곳저곳의 무수한 우리 삶을 배회하고 있음도 틀림없다.

무언가·누군가가 존재했던 자리에 대한 사려 깊은 성찰은 「남은 자들」에서도 엿보인다. 이 소설에도 죽음과 부재가 있다. 주인공에게 동생의 죽음은 내내 껴안고 살아가는 것처럼 그려져 있다. 하지만 그것은 거대한 비극이라기보다 차라리 일상의 구석, 담장 너머 이웃의 말, 가게 앞 쪽지, 평상 밑 고양이 같은 작은 장면에 은근하게 스며있다. 누군가의 빈자리(죽은 동생, 사라진 고양이)를 남은 자들이 서로 돌보며 이어가는 듯한 구조도 특히 중요하다. 요양보호사가 남긴 메모("어르신이 원하는 대로 해주세요")도 소설 너머 독자에게까지 의미심장한 울림, 지침으로 작동한다. 즉, 이 소설 속 부재나 상실은 견뎌야 할 고통스러운 것이 더 이상 아니다. 그것은 오히려 남은 이들끼리 서로 돌보며 연결되어야 할 과제를 남긴다. 엄마를 돌보고 고양이를 돌보며 서로의 안위를 염려하는 소설 속 행위들은 이 세계가 지속될 수 있는 중요한 이치를 잔잔하게 전달한다.

한편, 아마도 작가의 젊은 시절 기성세대와의 불화와 자기 선언이었을 성장서사도 흥미롭다. 방치된 아이의 상실감과 불안에 대해 섬세하게 그린 〈열대어〉는 여성 성장소설의 흥미로운 사례로 읽힌다. 이 소설에서 수족관은 엄마-딸 사이의 아득한 거리를 매개하고, 주인공의 내적 풍경을 대리하는 상징물처럼 기능한다. 아름답지만 폐쇄된 세계, 엄마에게 닿지 못하는 욕망, 그리고 죽음/상실의 불안이 여기에 응축되어 있다. 물 밖으로 꺼내어져 죽어가는 열대어와 어린 주인공이 겹쳐보이는 장면은, 삶의 무게를 어렴풋이 직면하는 모든 성장의 문턱을 떠올리게 하니 처연하다. 절망과 희망이 미묘하게 뒤섞인, 서정적 울림이 있는 소설이다.

이와 달리 〈천사들의 진공관〉은 좀더 자기 선언적이다. 소설 속 아버지는 주인공에게 있어서 존엄과 억압의 양가성을 지닌 인물이다. 아버지의 세계(빈티지 오디오와 클래식)는 주인공에게 숭고함의 대상이면서도 억압적인 초자아다. 주인공이 아버지의 세계와 결별하면서, 연인과 함께 "현재와 미래"의 음악을 듣겠다는 결심에 이르는 결말은 익숙한 성장, 가족 로망스의 구조를 갖는다. 다소 직설적인 자기 선언이지만, 오늘날 기성세대와 불화하거나 그것을 극복하고자 하는 성장서사가 잘 보이지 않게 된 문학적 흐름에 대해서도 역으로 생각하게 만드는 흥미로운 소설이다. 〈열대어〉는 『영남일보』 1996년 신춘문예 당선작이고, 〈천사들의 진공관〉은 『대구일보』 1995년 대구문예 당선작(원제는 '둥지와 날개')이라는 사실을 감안할 때, 두 작품 모두 이 작가의 출사표로서 어떤 의미를 지니고 있었는지, 그리고 당대에 어떤 문학적 의미를 지녔을지 충분히 가늠할 수 있다.

한편, 인접 예술(시, 회화, 음악)과의 상호텍스트성이 짙은 것도 김한숙의 소설의 특징이다. 앞서 언급한 〈천사들의 진공관〉 이외에도 〈눈이 지나간 자리〉 〈그때 그 저수지〉 〈독자〉 등은 실제 작가, 작품으로부터 얻은 영감이 밀도 높게 서사화되어 있다. 이것은 오늘날 예술과 문학의 의미가 무엇인지 생각하게 만드는 의의도 크다. 예를 들어 〈그때 그 저수지〉에는 표면적으로 한 커플의 불행한 관계가 서사화되고 있다. 하지만 그들의 불행에는, 단순한 성격 차이가 아닌 서로 다른 두 세계 사이의 불화가 가로놓여 있다. 그들의 불화는 예컨대 '저수지의 기억과 시의 세계 vs. 로또와 신문 속 숫자의 세계'로 대비된다. 한편, 독서와 책이라는 제재를 통한 연결(만남)을 서사화하는 〈독자〉는, 오늘날 디지털 시대의 독자에게는 다소 낯선 풍경처럼 읽힐지 모르겠다. 하지만 이러한 행복한 읽기 공동체의 가능성은 결코 디지털 세계라고 하여

부정적이지 않다. 실제로 문자를 통한 만남은 미디어를 달리하더라도, 소설 속 주인공들의 만남처럼 지금도 곳곳에서 무수한 연결로 이어지고 있음이 분명하기 때문이다.

이러한 예술, 문학 등의 의미에 대해 눈의 풍광과 더불어 아름답게 역설하는 소설이 표제작 〈눈이 지나간 자리〉다. 표면적인 서사는 공허한 삶과 겨루는 이의 이야기이지만, 이면에는 작가 로베르트 발저의 삶과 글쓰기를 추적하고 애도하며 위로받는 서사가 놓여 있다. "눈에 파묻혀 평화롭게 죽음을 맞이하는 자여. 비록 전망은 없어도 생은 아름답지 않았는가."라는 발저의 말은 이 소설을 가로지른다. "아름다움이 세상을 살아내게 하는 힘"이라고 적은 '당신'의 말도 이 소설을 관통한다. 이 '아름다움'이란 우선은 문학과 예술이 내내 추구해 온 '생의 자유'에 비견된다. "자유를 위해서라면 구름과 하늘을 동무삼아 밤낮으로 걸었던 예술가"에 대한 동경은, 모든 문학과 예술이 추구하던 것에 다름아니고 그것은 곧 우리 모든 삶의 목적이자 이유일지 모른다. 소설의 마지막에서 '당신'이 내리는 눈을 맞으며 생각하는 '부재' '지워짐'은 마치 '쓰고 스스로를 지우는' 역설로서 존재하는 글쓰기를 연상시키지만, 이것이야말로 어쩌면 작가적 '자유'의 극단일지 모르겠다.

여덟 편의 소설에 누적되었을 시간과 삶과 글쓰기의 흔적을 가늠해보니, 소설에 빈번하게 계절과 자연의 언어가 교차되고 있었다는 점도 새삼 떠오른다. 계절의 리듬이나 자연의 풍광은, 여전히 인간이 존재의 한계 앞에서 택하게 되는 가장 자연스러운 장면이기도 하다. 이 소설들은 한 시절의 일단락이기도 하지만 다시 한 시절을 여는 첫 페이지이기도 할 것이다. 지금 읽은 소설들에서처럼 우리 삶은 그보다 더 큰 계절이나 자연의 이치를 닮아있고, 그것은 늘 우리를 이끄는 더 큰 세계이기도 했으니 말이다.

작가의 말

첫 소설집을 묶게 되기까지 어째서 이토록 오래 걸렸을까. 소설집을 묶는다는 설렘보다 그간 내가 걸어온 길이 돌아봐졌다. 일거리 쪽으로 떠밀려갈 때 쓴다는 게 힘들었지만 언제나 무언가를 쓰고자 했다. 산책을 하거나 사람을 만나거나 신문을 보거나 여행 중에도 잠자리에서도 떠오르는 언어를 포착해 나에게 카톡을 보냈다. 책을 손에서 놓지 않았다. 시간을 정해놓고 쓸 수는 없었지만 자주 노트북 앞에 앉았다.

이 책에 실린 여덟 편의 단편은 내가 본 세상의 풍경이자 흔적이다. 이십팔 년 동안 현실에서는 소설보다 더 소설적인 일들이 일어났다. 공간과 사건을 접수하고 편집하면서 구성과 시점을 고민하고, 인물들에게 이름을 짓고, 그리고 썼다. 작품마다 쓰는 기간이 달랐지만, 일차적으로 글을 써놓고 시간 간격을 두고 수정했다. 그때마다 나의 성격, 습관, 어투, 가치관을 거울처럼 마주할 수 있었다. 소설은 결국 이야기를 엮어가는 게 아니라 쓰면서 내 세계의 한계치를 저울질하는 시간이란 걸 발견한 셈이다. 이런 자각이 또 다른 미래의 시간과 미래의 공간으로 나를 이끌어간다고 믿는다. 아니 그렇게 믿고 계속 쓰면서 살아갈 수 있기를 바란다.

이 한 권의 책이 묶여지기까지 긴 세월 많은 도움을 받았다. 책에서 사계절에서 자연에서. 그리고 여러 도시를 옮겨 다니는 동안 그 누군가가 내 손을 잡아주었다는 느낌이다. 대구에서 소설을 쓰도록 자리를 깔아준 선생님들과 발표 지면을 준 신문사들. 뒤늦게 들어간 서울 남산 자락 대학에서 사고를 확장시켜준 교수님들께 큰절 올린다.

작품집 출간을 지원해준 강원문화재단과 평론가를 매칭한 춘천문화재단. 긴 글을 읽어주신 평론가님과 편집을 맡아준 1인 출판사. 아름다운 사진을 표지로 보내주신 사진작가님과 디자인과 편집을 해주신 담당자들이 있었기에 책은 옷을 입을 수 있었다. 늘 격려를 아끼지 않은 지인들과 가족, 아는 분들 모두에게도 고마움을 전한다.

방향을 잃을 때마다 길을 안내해 준 수많은 책들. 문학의 바다에서 함께 파도에 부서지며 다시 일어나는 사람들이 있었기에 내가 가꾸기 시작한 정원에서 첫 꽃이 피기 시작한 기분이다.

　책의 물성을 감각적으로 다가서게 해준 이은옥 편집자에게 깊은 감사를 전한다. 세상은 결코 혼자 살아갈 수 없다. 무서울 만큼 끈끈한 연대 의식과 일렁이는 문장의 호흡을 함께한 축적된 시간은 이제 대양으로 흘러들 것이다. 이 책이 세상 밖으로 나가면 우연히 읽게 될 독자들에게도 고마움을 전하며 응원을 보낸다. 주변의 도움에 값할 수 있도록 성실하게 진실을 찾아가는 작가로 계속 써나가겠다.

2025년 가을 초입

김한숙

〈수록 작품 발표지면〉

※ 수록 작품은 맨 뒤에 실린 첫 발표작부터 거꾸로 거슬러오면서
   최근 순서로 실었습니다.

이오리 소설

눈이 지나간 자리

2025년 09월 22일 1판 1쇄 찍음
2025년 09월 22일 1판 1쇄 펴냄

지은이 김한숙
펴낸이 이범석
편집자 이은옥
디자인 윤영순
제작처 프린피아

펴낸곳 이오리
등록   제2017-000033호
주소   강원특별자치도 삼척시 근덕면 본동길 77
메일   agora108@naver.com
전화   010-8299-2159
팩스   033-572-3803

ⓒ 김한숙, 2025
ISBN 979-11-975616-5-8 03810

* 본 도서는 강원특별자치도, 강원문화재단 후원으로 발간되었습니다.

* 이 책 내용의 전부 또는 일부를 재사용하려면 반드시
  지은이와 도서출판 이오리 양측의 동의를 받아야 합니다.